SOLEDAD

PREMIO NACIONAL
*a la mejor labor editorial
en literatura infantil y juvenil* 1982

Nano y Esmeralda

Finalista del premio El Barco de Vapor 1985

Alfredo Gómez Cerdá

ediciones **SM** Joaquín Turina 39 28044 Madrid

Colección dirigida por **Marinella Terzi**

Primera edición: septiembre 1987
Segunda edición: diciembre 1987
Tercera edición: junio 1988
Cuarta edición: abril 1989
Quinta edición: febrero 1990

Ilustraciones y cubierta: *Carmen Lucini*

© Alfredo Gómez Cerdá, 1987
Ediciones SM
Joaquín Turina, 39 - 28044 Madrid

Comercializa: CESMA, S.A. - Aguacate, 25 - 28044 Madrid

ISBN: 84-348-2283-0
Depósito legal: M-1571-1990
Fotocomposición: Grafilia, S.L.
Impreso en España/Printed in Spain
Imprenta SM - Joaquín Turina, 39 - 28044 Madrid

No está permitida la reproducción total o parcial de este libro, ni su tratamiento informático, ni la transmisión de ninguna forma o por cualquier medio, ya sea electrónico, mecánico, por fotocopia, por registro u otros métodos, sin el permiso previo y por escrito de los titulares del copyright.

*A todos los que,
alguna vez en su vida,
han estado en las nubes.
Y, por supuesto,
a Jorge.*

1

A Nano le gustaba dar patadas a las piedras mientras paseaba por el parque; eso sí, era mucho más divertido dar patadas a un bote de cerveza vacío. Aunque, sin lugar a dudas, lo más superdivertidísimo era tirar piedras al estanque.

Pero el vigilante no le dejaba tirar piedras al estanque. En cierta ocasión le sorprendió y le llamó la atención. El vigilante se creía que Nano tiraba piedras a los patos del estanque, pero... ¡qué va!

—Como te pille otra vez tirando piedras a los patos, te daré un buen pescozón —le dijo.

Nano se marchó cabizbajo del estanque. No tenía ganas de explicarle que no estaba tirando piedras a los patos, que simplemente arrojaba las piedras al agua para ver cómo sonaban, porque no todas las piedras suenan igual al chocar contra el agua. Unas hacen «plaf» y otras hacen «pluf», y las más raras hacen «plif». Además, como Nano sabía hacer la «rana», conseguía que las más lisas hiciesen «plif-plaf-pluf».

También le gustaba mirarse en el agua, con su pelo revuelto. Parecía una escarola de las que de vez en cuando su madre ponía en la ensalada. Dejaba caer una piedra y las ondas concéntricas descomponían su imagen. ¡Qué risa le daba!

Pero el vigilante, dale:

—Que no te vuelva a ver tirando piedras a los patos.

¡Qué pesado! Cómo explicarle que... Pero Nano no tenía ganas de dar explicaciones, estaba harto de dar explicaciones.

Los profesores le pedían explicaciones en el colegio:

—Nano, explica a tus compañeros cómo has resuelto este problema.

Y él qué culpa tenía de que sus compañeros de clase no se hubiesen estudiado la lección aquel día.

Su madre le pedía explicaciones cuando le mandaba a un recado:

—Nano, explícame cómo es que sólo te han sobrado veinte pesetas.

Y tenía que explicarle que el azúcar había vuelto a subir de precio.

Por la noche, cuando su padre llegaba a casa, lo mismo:

—Nano, a ver, explícame lo que has hecho hoy en el cole.

Y... ¡hala!, más explicaciones.

Y no es porque a Nano no le gustase dar explicaciones. A veces lo pasaba bien explicando las cosas, sobre todo cuando se trataba de cosas divertidas; pero, sencillamente, estaba harto. Y sólo le faltaba que hasta al vigilante del parque le tuviese que dar explicaciones. Por eso se marchaba cabizbajo y daba patadas a las piedras, a pesar de que sabía que cuando llegase a casa su madre volvería a pedirle explicaciones:

—Nano, explícame qué has hecho con los zapatos nuevos. ¡Están destrozados!

Si se cansaba de dar patadas a las piedras, se sentaba en un banco y veía pasar a la gente. Le gustaba ver pasar a la gente. No entendía cómo a su amiga Arancha, con la que tan bien se llevaba, le aburriese ver pasar a la gente.

—¡Pues qué rollo! —le decía Arancha.
—A mí me gusta.
—¿Por qué?
—No sé.
—Pues yo me voy a los columpios.

Arancha se marchaba a los columpios y él seguía mirando a la gente. Había personas que le gustaban más que otras, como una señora que paseaba a sus mellizos en un cochecito doble leyendo el periódico. Y aquella otra a la que siempre seguía un lanudo y diminuto perrito, que parecía un ovillo de los que de vez en cuando se le caían a su madre cuando hacía jerséis para Rosa o para Luisma.

Y sin darse cuenta, Nano se ponía a pensar en sus hermanos y se preguntaba por qué siempre los jerséis nuevos eran para ellos. Él siempre tenía que «heredar» los de Rosa, aunque pareciesen de chica; sin embargo, Luisma nunca «heredaba» los suyos porque su madre decía que ya estaban viejos.

Y algún día se había atrevido a pedir explicaciones:

—Explícame por qué los jerséis nuevos siempre son para Rosa.
—Porque es la mayor. Así, cuando a ella se le queden pequeños, los puedes llevar tú.
—Y cuando a mí se me quedan pequeños... ¿por qué no los lleva Luisma?
—Porque eres un destrozón. Cómo quieres que le ponga uno de tus jerséis tal y como los dejas, que no hay por donde cogerlos.

Ella siempre encontraba una explicación y de paso aprovechaba para llamarle destrozón o algo por el estilo.

Y mientras veía pasar a la gente, pensaba en estas cosas y no sabía bien si lo que de verdad le gustaba era ver pasar a la gente o pensar en estas cosas.

—¿Te vienes a jugar a los columpios?
—No.
—¿Vas a seguir viendo pasar a la gente?
—No.
—¿Qué harás entonces?
—Pensar.
—¡Ah!

Y Arancha volvía corriendo a los columpios.

UNA TARDE, en la entrada del parque, Nano se encontró una lata de sardinas espachurrada y bastante sucia. Sin pensárselo dos veces le dio un puntapié y la elevó por encima de los setos. Iba a echar a correr tras ellas cuando a su espalda sintió un bocinazo estridente:

«¡Meeeggg!»

Dio un salto morrocotudo y casi se estrella contra un árbol. Se volvió al instante para ver quién había producido aquel sonido. Sus todavía asustados ojos apenas pudieron ver una bicicleta que, tras unos aparatosos vaivenes, recobraba la estabilidad y desaparecía por uno de los paseos a una velocidad increíble.

¿Quién sería el imprudente que la conducía? Eso le hubiese gustado saber a Nano, ya que sólo pudo ver al alocado conductor por la espalda y... la verdad... más bien parecía... ¡una conductora! Sí, llevaba falda y un jersey de colorines que parecía un arco iris de lana y... y...

—¡Hola! —le saludó Arancha, que llegaba corriendo en ese instante.

—¿Has visto?

—No; ¿qué ha pasado?

—Casi me atropella una bicicleta. No veas a qué velocidad iba. Es que... estos mayores van como locos, sin mirar.

—¿Era mayor?

—Sí; una mujer con un jersey que parecía el arco iris.

—¡Ah! Ya sé quién es.

—¿La conoces?

—Sólo de vista. Es una viejecita que viene casi todas las tardes a hacer punto al parque.

—¿Una viejecita?

—Sí.

—¡Encima viejecita!

—Se sienta detrás de la alameda, en un banco soleado, empieza a hacer punto y se queda dormida con la boca abierta. ¿Te vienes a los columpios?
—No.
—¿Hoy también vas a pensar?
—Sí.

Arancha no quiso saber más cosas y se volvió corriendo a los columpios.

Nano, efectivamente, estuvo pensando un buen rato; pero sólo consiguió pensar en la viejecita de la bicicleta. ¡Una viejecita! ¿Cómo sería?

Después de mucho pensar, tomó una resolución.

Se levantó del banco y comenzó a caminar hacia la alameda. De vez en cuando se paraba y se quedaba mirando alguna cosa sin atención. Si una piedra se le atravesaba en el camino, le daba una patada, pero con menos fuerza que otras veces. Y así, como el que no quiere la cosa, llegó a la alameda. Su vista recorrió todos los rincones con disimulo; no quería que la gente se diese cuenta de que buscaba algo.

Cuando estaba a punto de desistir, descubrió a lo lejos, casi donde ya el parque terminaba, media rueda de bicicleta que asomaba tras un grueso tronco de árbol. Parapetándose siempre en el tronco, se acercó al lugar con sigilo. Le llamaban poderosamente la atención unos extraños y repetidos ruidos guturales. Algo que sonaba más o menos así:

«¡Iggg-graaaaaggggg!»

El «grag» era muy largo, muy largo.

Asomó al fin la cabeza tras el árbol y descubrió a una viejecita que dormía plácidamente en un banco con la boca abierta, muy cerca de una antiquísima bicicleta. ¡Era ella! la que casi le atropella minutos antes. Arancha tenía razón, dormía con la boca abierta y... ¡cómo roncaba!

«¡Iggg-graaaaaggggg!»

No sabía si acercarse un poco más o quedarse quieto. Por un lado, le apetecía acercarse para ver mejor aquella bicicleta. ¿Quién tendría más años, la bicicleta o la viejecita? Por otro lado, le daba miedo que se despertase y le descubriese mirando bobaliconamente.

Lo pensó durante un buen rato y, sintiéndolo mucho, decidió marcharse. En cierto modo le hubiese gustado saber algo más de aquella mujer, preguntarle cosas, como por ejemplo por qué llevaba un jersey que parecía un arco iris. Pero dio media vuelta y echó a andar.

No había dado cuatro pasos todavía cuando a sus espaldas escuchó algo que le dejó petrificado.

—¿Cómo te llaaaaamas?

Se volvió un poco asustado. La viejecita bostezaba aparatosamente al tiempo que estiraba sus brazos sin ningún pudor.

—¿Yo? —preguntó Nano.

—Claro, ¿quién va a ser si no?

—Nano.

—¿Nano?

—Sí.

—Qué nombre tan raro.

—En realidad me llamo Fernando, pero todo el mundo me llama Nano.

13

—¿Nano?
—Sí.
Nano sintió rabia por no haberle dicho su verdadero nombre desde el principio. Ya estaba harto de que todos le llamasen Nano, como si fuese un niño pequeño; ya era hora de que empezasen a llamarle Fernando. Se lo iba a decir a la viejecita, pero ella se anticipó.

—¡Nano! Es un nombre rarísimo, pero me gusta. Eso sí, es mucho más bonito que Fernando. Yo también te llamaré Nano.

¡Vaya! ¡Qué fastidio! ¿Por qué tendría que gustarle a aquella buena señora Nano más que Fernando? Nano no pudo disimular su disgusto, pero no se atrevió a replicar.

—Siéntate, Nano —dijo la viejecita—. Hay sitio para los dos en este banco.

Nano no sabía qué hacer. Su madre siempre le decía que no hablase con desconocidos. Lo pensó durante un rato; pero, finalmente, se sentó.

—¿A que no sabes lo que llevo en esta bolsa? —le dijo la viejecita, y le mostró una bolsa de plástico de unos grandes almacenes.

—No.

—Pues te lo enseñaré.

Abrió la bolsa, metió la mano, rebuscó en el fondo y sacó una madeja de lana atravesada por un par de agujas muy largas.

—¿Sabes lo que es esto? —le preguntó.

—Una madeja —respondió Nano con seguridad.

—¡Muy bien! —gritó la viejecita—. Ahora te enseñaré un juego muy divertido. Estira los brazos. Un poco más. Así.

Nano estiró los brazos tal y como le indicaba la viejecita, quien sin darle tiempo a reaccionar introdujo entre sus manos la madeja de lana.

—Sujétala fuerte, que no se te escape.

La viejecita cogió uno de los cabos de la madeja y a gran velocidad comenzó a enrollarlo entre sus dedos.

—¿Te gusta? —le preguntó.

—Ya he jugado otras veces —respondió Nano desilusionado—. Mi madre siempre me elige a mí cuando tiene que hacer un ovillo, y eso que los jerséis son para Rosa o Luisma, mis hermanos.

—¿Y te divierte el juego? —volvió a preguntar la viejecita sin dejar de enrollar la lana.

—No; es muy aburrido.

—¿Aburrido dices? Será porque tu madre no sabe jugar bien. Y si no, fíjate en mí.

Y de pronto, los dedos de la viejecita empezaron a enrollar la lana a una velocidad vertiginosa. A pesar de que Nano abría unos ojos como platos, casi ni los veía. En pocos segundos la madeja había desaparecido de sus brazos y las manos de la viejecita sostenían un ovillo del tamaño de una pelota.

Nano resopló con admiración.

—Y si aún te sigue pareciendo un juego aburrido, te demostraré lo contrario. ¿Ves aquellos dos árboles? —y le señaló dos árboles, separados entre sí unos cuatro o cinco metros.

—Sí.

—Podrían pasar por una portería de fútbol, ¿verdad?

—Sí.

—¿Qué te gusta más, ser portero o delantero centro?

—Portero.

La viejecita se levantó del banco, le cogió de la mano y le colocó entre los dos árboles. Luego contó once pasos e hizo una señal en el suelo.

—Prepárate —le dijo—. Voy a lanzar un penalti.

Mientras observaba cómo colocaba el ovillo de lana en el suelo, Nano pensó que aquella viejecita estaba completamente chiflada.

—¡Atención, Nano! —gritó la viejecita—. ¿Estás preparado?

A Nano le hubiese gustado inventarse cualquier pretexto y marcharse corriendo de allí;

pero no se le ocurrió ningún pretexto y, sin darse cuenta, dijo:

—Sí, estoy preparado.

La viejecita cogió carrerilla, amagó por la derecha y lanzó un tremendo chupinazo por la izquierda. Nano, naturalmente, se había lanzado a la derecha y sólo pudo ver cómo el balón, digo... el ovillo, entraba limpiamente por el lado contrario. Se levantó despacio, sin dejar de mirar a la viejecita, que daba saltos de alegría.

—¡Goool! ¡Goool! ¡Ha sido gol!

Herido en su amor propio, Nano recogió el ovillo y volvió a colocarlo en el punto de penalti.

—Esta vez lo pararé —dijo, y volvió a situarse bajo los palos, digo... bajo los árboles.

—¿Preparado? —preguntó la viejecita.

—Sí —respondió Nano, flexionando un poco las piernas, separando los brazos del cuerpo y clavando su mirada en el ovillo de lana.

Y estuvo a punto de pararlo, incluso rozó el ovillo con los dedos, pero el balón llevaba tanta fuerza que Nano no pudo atraparlo.

—¡Goool! ¡Goool! —volvió a saltar de júbilo la viejecita.

Lleno de rabia, Nano volvió a recoger el ovillo. ¿Sería posible? ¿Cómo una viejecita era capaz de meterle dos goles seguidos a él, precisamente a él, que era el mejor portero de la clase?

Volvió a colocar el ovillo en el punto de penalti y, sin decir palabra, se situó entre los dos árboles. Todo su cuerpo estaba en gran tensión.

Aunque la viejecita hizo un quiebro a la izquierda y lanzó el ovillo por la derecha, Nano adivinó sus intenciones y se tiró correctamente. Atrapó con limpieza el ovillo y con él pegado al cuerpo dio unas cuantas volteretas por el suelo. La viejecita hizo un gesto de contrariedad. Nano se puso de pie muy ufano, se acercó a ella y le devolvió el ovillo.

—¿Te sigue pareciendo un juego aburrido? —le preguntó la viejecita.

—¡Qué va! —respondió Nano—. Es... es.... ¡fantástico! Lo malo es que mi madre no va a querer jugar.

Volvieron a sentarse en el banco; la viejecita sujetaba el ovillo entre las manos.

—¿Te gusta esta lana?
—Sí.
—Voy a hacer un jersey.
—¿Sabes hacer punto?
—Naturalmente. Todos mis jerséis los he hecho yo.
—A mí me gustaría aprender.
—¿De veras?
—Sí; aunque mis amigos se riesen. Sería la única forma de poder estrenar un jersey. Siempre tengo que llevar los que se le quedan pequeños a mi hermana, aunque parezcan de chica.
—Eso se arregla inmediatamente.
—¿Cómo?
—Yo te haré uno.
—¿De verdad?

Nano estaba entusiasmado con la idea de que la viejecita le tejiese un jersey. Por fin iba a poder tener uno completamente nuevo. Tan entusiasmado estaba, que se olvidó por completo de que aquella viejecita era una desconocida, como decía su madre, y de que estaba chiflada, como había pensado él mismo minutos antes.

Cuando creyó tener la suficiente confianza, le dijo lo que aún no se había atrevido a decirle:

—Hace un rato casi me atropellas con la bicicleta.

—¿Yo?

—Sí, tú. En la entrada del parque. He tenido que dar un salto enorme y casi me he chocado contra un árbol.

—¡Ah! Eso es porque te has asustado. Te aseguro que Bronifraugstan es incapaz de atropellar a nadie.

—¿Quién?

—Bronifraugstan, mi bicicleta. Ella está muy enseñada.

—¡Vaya nombre tan raro!

—Es que es de otro país, extranjera... ¿Comprendes?

Nano no lo comprendía muy bien.

—Pero ¿por qué dices que es incapaz de atropellar a nadie?

—Porque es verdad. Sí, ya sé que es algo alocada y que a veces va demasiado deprisa; pero te aseguro que es la bicicleta más segura que existe.

Nano no comprendía nada de nada. Volvió a pensar que aquella viejecita estaba algo trastornada y cambió de conversación.

—¿Por qué llevas un jersey que parece el arco iris?

—Muy sencillo. ¿Has visto alguna vez el arco iris?

—Sí.
—¿Y te gusta?
—Sí.
—A mí me encanta el arco iris. Por eso me hice un jersey que pareciese el arco iris. Tengo una idea: te haré uno igual para ti.
—No, mejor liso —dijo Nano, rápidamente.
—¿Por qué?
—Es que... mis amigos... Verás, a mí el arco iris me gusta mucho; pero a lo mejor mis amigos se ríen si me ven con un jersey así.
—Pues peor para ellos.
—De todas formas, prefiero que sea liso.
—Como quieras. Empezaré esta misma noche. Yo duermo muy mal, ¿sabes? Y sólo hay dos métodos eficaces para combatir el insomnio: uno, tejer.
—¿Y el otro?
—Contar ovejitas. Como podrás suponer, este último es un método muy improductivo. Si vienes mañana por aquí te daré el jersey.
—¿Seguro?
—Naturalmente. Te lo podrás llevar puesto.
—Pues sí que tejes deprisa.
—No hay bruja que teja más rápido que yo.
—¿Bruja? —preguntó Nano, extrañado por las palabras de la viejecita, quien pareció turbarse mucho.
—¡Huy! Ya he vuelto a meter la pata. Verás, Nano... aunque he dicho bruja, en realidad he querido decir... he querido decir... Pues eso.
—¿Y qué es eso?
—Supongo que... he querido decir... mujer, señora, dama... ¡Eso!

—¡Ah!

Y Nano volvió a pensar en la chaladura tan fenomenal que tenía aquella viejecita. ¿Cómo explicar si no que llamase brujas a las mujeres? Y pensándolo bien, llegó a la conclusión de que no debería haber aceptado el jersey. ¡Habría que ver la birria que le haría! Seguro que una manga sería más larga que la otra y el agujero del cuello tan pequeño que no podría introducir la cabeza por él.

Iba a decirle que se olvidase del jersey, pero se puso a mirar la bicicleta y se olvidó de todo.

—¿Cuántos años tiene esta bicicleta?

—En realidad perteneció a mi abuela, y mi abuela la heredó de no sé quién. Yo sólo puedo decirte que la tengo desde hace, más o menos, trescientos cuarenta y siete años.

—¡Trescientos cuarenta y siete!

—O trescientos cuarenta y ocho, que no me acuerdo bien.

Nano reconoció que le estaba bien empleado, por preguntón. Y como no estaba dispuesto a que aquella viejecita continuase tomándole el pelo, se hizo el firme propósito de no volver a hacer preguntas.

—Me voy —dijo al cabo de un largo silencio—. Si llego tarde a casa, mi madre me regaña.

La viejecita permanecía sentada en el banco, cabizbaja e inquieta; sus manos jugueteaban con el ovillo de lana.

—¿Volverás mañana? —preguntó sin levantar la cabeza.

—No sé.

—Tú también te marchas pensando que estoy loca de remate. ¿A que sí?

Nano se puso colorado. ¿Sería posible que aquella viejecita, además de tirar penaltis como un delantero de primera división, fuese capaz de adivinar el pensamiento?

—No —balbuceó Nano—, no pienso eso.

—No mientas, Nano. Sí que lo piensas. ¡Estoy harta!

—¿Harta de qué?

—De que todos los niños penséis lo mismo. De seguir fingiendo.

—¿Fingiendo? —Nano seguía sin entender una palabra.

—Dime una cosa, Nano: ¿eres tú de los que saben guardar un secreto?

—Claro que sí.

—No sé, no sé... —la viejecita movía la cabeza de un lado a otro.

—Puedes confiar en mí —continuó Nano, que intuía una revelación extraordinaria.

—¿Seguro?

—Segurísimo.

—Escucha con atención lo que voy a decirte. Aquí donde me ves, soy una bruja.

Nano no pudo evitar una sonrisa.

—Una auténtica bruja —continuó la viejecita—. Quiero decir, una bruja de verdad. Una bruja de carne y hueso.

Como la sonrisa de Nano estaba a punto de convertirse en carcajada, se tapó la boca con las manos.

—¿No me crees?

—No —y a Nano se le escapó una risotada.

—¿Y por qué no me crees?

—No tienes pinta de bruja.

—¡Ah, es eso! También tu imaginación está deformada por esos cuentos que los niños soléis leer y donde nosotras, las brujas, no somos precisamente muy bien tratadas. No me queda más remedio: tendré que demostrártelo.

Nano dejó de reír. ¿Qué pensaría hacer aquella viejecita para demostrárselo? De pronto, tuvo miedo. ¿Y si se le ocurría algún disparate?

—¿Cómo vas a demostrármelo? —preguntó.

—Si te digo que Bronifraugstan es una bicicleta mágica, ¿te lo creerás?

—No.

—¡Pues te lo demostraré! Verás, siempre he sido una bruja un poco rebelde. Hace muchos años me negué a ir montada sobre una sucia escoba y decidí utilizar para mis viajes aéreos esta bicicleta. Desde entonces, Bronifraugstan y yo somos como uña y carne.

—¿Quieres decir que Bronifr..., como se diga, vuela?

—Sí, señor. Ahora mismo vamos a dar una vuelta los dos.

La viejecita, haciendo alarde de una agilidad extraordinaria, se subió a la bicicleta de un salto.

—Y yo... ¿tengo que montar también? —a Nano no le hacía mucha gracia la idea.

—Naturalmente. Siéntate en el sillín trasero y agárrate a mí con fuerza.

Nano pensó que lo peor que podía pasarles era

que rodasen algunos metros por un terraplén, y se subió a la bicicleta.

La viejecita comenzó a pedalear.

—¡Maldito reuma! —murmuró—. Mis articulaciones ya no son lo que eran.

De pronto, Nano se dio cuenta de que aquella bicicleta marchaba a una velocidad más que considerable. Tuvo algo de miedo y se agarró con fuerza a la viejecita, que continuaba pedaleando frenéticamente.

—¡Vamos, Bronifraugstan! ¡Vamos, elévate! ¿A qué esperas? ¡Vamos! ¡Arriba!

Dieron dos vueltas completas al parque a una velocidad de vértigo. Afortunadamente, como ya estaba anocheciendo, había pocas personas en el parque. Eso sí, la bicicleta no se elevó un solo centímetro del suelo.

Desilusionada, la viejecita frenó en seco y se bajó de la bicicleta.

—Es el reuma, Nano. No puedo pedalear con la fuerza necesaria. Tu peso impide el despegue —a Nano le pareció una excusa muy tonta y se limitó a encogerse de hombros—: Pero se me está ocurriendo una idea —añadió la viejecita.

—Tengo que irme.

—¡Bronifraugstan necesita un motor! ¡Eso es!

—Bueno, adiós.

—¿No me has oído? ¡Bronifraugstan necesita un motor!

Y encima la viejecita se ponía pesada. A Nano se le estaba haciendo tarde de verdad. Tenía que regresar enseguida a su casa si no quería ganarse una reprimenda fenomenal y dar un montón de explicaciones.

—¡Que se me hace tarde! —se disculpó—. Adiós, hasta mañana.

La viejecita sonrió ampliamente.

—Hasta mañana, Nano —dijo—. Y si te encuentras un motor tirado, de cualquier cosa, tráelo.

—La gente no anda tirando motores por ahí.

—¿Que no?... Mira bien y te convencerás.

Nano pensó que lo mejor sería marcharse sin decir ni pío. Aquella viejecita no tenía remedio, aunque, eso sí, le había caído simpática. De repente, se dio cuenta de que no le había preguntado aún el nombre. Se volvió y gritó:

—No me has dicho cómo te llamas.

—Mi verdadero nombre es Grunstrausmilda, pero puedes llamarme Esmeralda.

Nano movió la cabeza un par de veces, como diciendo: «¡lo que tiene uno que oír!». Y se marchó.

Antes de llegar a su casa, Nano recordó que los ojos de la viejecita eran de color verde esmeralda. ¡Esmeralda! Sí; era un nombre muy apropiado.

2

Aunque lo estaba deseando, Nano no encontró el momento para comunicar a su familia lo que le había ocurrido por la tarde en el parque. Y no fue por falta de tiempo o de ocasiones, que las tuvo; sino porque cuando iba a comenzar a hablar recordaba una pregunta de Esmeralda: «¿Eres tú de los que saben guardar un secreto?». Y no se atrevía a decir nada.

Durante toda la cena estuvo pensando en el asunto, y a los postres llegó a la conclusión de que no tenía por qué guardar ningún secreto, ya que Esmeralda estaba loca de remate. Casualmente, su hermana Rosa le ayudó muchísimo.

—Mamá, necesito un jersey nuevo —dijo Rosa, con ese tono ñoño que siempre ponía a la hora de pedir algo.

—Bueno —respondió la madre un tanto distraída.

—He visto uno en la tienda de la esquina. ¿Por qué no me lo compras?

—¿Comprar? No, no; yo te lo haré.

—Pero que sea igual que el de la tienda.

Como Nano ya había terminado el postre, se

levantó de la silla y fue al cuarto de baño a lavarse los dientes. Desde allí escuchaba atentamente la conversación que mantenían su madre y su hermana.

—Mañana iremos a comprar lana.

—Harán falta tres colores.

—Bueno, no seas pesada —cortó la madre—, y acaba de una vez de cenar.

Nano no había terminado aún de lavarse los dientes, pero comprendió que había llegado el momento y no podía dejarlo pasar.

—¡Mamá! —gritó, y un borbotón de pasta dentífrica se le escapó de la boca y se estrelló contra el espejo.

—¿Qué quieres, Nano? —respondió la madre desde el comedor.

—He conocido a una viejecita en el parque.

—Te tengo dicho que no hables con desconocidos.

—Me ha dicho que va a tejerme un jersey.

Al espejo del cuarto de baño le salió un sarampión blanco y espumoso.

—Anda, no digas tonterías y termina de limpiarte los dientes.

—Es verdad —protestó Nano.

En ese momento Luisma entró en el cuarto de baño y, al ver el espejo, se limitó a mirar compasivamente a Nano.

—La que te vas a ganar... —le dijo.

—No digas nada a mamá, ahora mismo lo limpiaré.

Pero Luisma ni siquiera le escuchó, echó a correr por el pasillo, gritando:

27

—¡Mamá! ¡Mamá! Nano ha manchado el espejo del cuarto de baño.

Para evitar la regañina, Nano cogió una toalla y la restregó por el espejo. ¡Qué desastre! La pasta dentífrica se extendió por todas partes de manera alarmante, y su madre ya venía por el pasillo.

—¡Nano! ¡Cochino! ¿No te da vergüenza, a tu edad? Ni siquiera Luisma hace estas marranadas.

Luisma movía la cabeza afirmativamente, como diciendo: «es verdad lo que dice mamá».

—Es que —se disculpó Nano— al hablar... No me he dado cuenta de que...

—Enjuágate la boca de una vez y vete a la cama.

Su madre estaba enfadada de verdad y Nano sabía que, cuando se producían estas situaciones, lo mejor era callarse y esperar, y sobre todo cuando su padre acudía a enterarse del motivo de los gritos.

—Y lo acababa de limpiar esta mañana —se quejaba la madre.

—Que no vuelva a suceder, Nano —le recriminó su padre, muy serio.

Nano podía dar explicaciones, podía dar un montón de explicaciones; pero, como estaba harto de darlas, permaneció callado y se acostó.

Metió la cabeza debajo de la almohada para no ver ni oír nada. Sabía que, antes de dormirse, su madre iría a darle un beso, como todas las noches, y en ese momento se le habría pasado el enfado. Nunca estaba enfadada a la hora de darles un beso.

Pero antes llegó Luisma. Le oyó entrar, canturrear una canción y meterse en la cama. Al cabo de unos minutos, Luisma le llamó repetidas veces:

—¡Nano! ¡Nano! ¿Me oyes? Sé que estás despierto, deja de hacerte el dormido. ¡Nano!

Nano pensaba hacerse el duro y no responder a las llamadas de su hermano. Pero enseguida descubrió que había una forma mejor de vengarse. Asomó la cabeza por detrás de la almohada y le dijo de sopetón:

—Esta tarde he montado en una bici que vuela.

Luisma se incorporó de un salto.

—¿De verdad?

—Una bici muy antigua. Tiene trescientos cuarenta y siete años.

—¡Trescientos cuarenta y siete!

—O trescientos cuarenta y ocho. Es una bici mágica.

—Me estás engañando.

—Puedes pensar lo que quieras, pero te aseguro que hemos volado por encima de las casas de la ciudad.

—¿Quiénes?

—Esmeralda y yo.

—¿Y quién es Esmeralda?

—Una amiga.

—¿Del cole?

—No; la conocí en el parque. La ciudad vista desde el aire es mucho más bonita.

29

—¿Volverás a montar otro día?
—Sí, claro; mañana o pasado.
—¿Podré ir contigo?
—No.
—Anda, Nano, déjame ir contigo. Yo también quiero ver la ciudad desde el aire.
—¡No y no!

La venganza de Nano estaba cumplida.

Cuando oyó los pasos de su madre que se acercaba por el pasillo, volvió a taparse la cabeza con la almohada.

—Mamá —dijo Luisma a su madre nada más verla entrar en la habitación—, Nano dice que ha montado en una bicicleta que vuela.
—No le hagas caso.
—Y dice que mañana o pasado va a montar otra vez.
—Duérmete ya.
—Pero yo también quiero montar en la bicicleta que vuela.
—¿No ves que te está tomando el pelo?
—Entonces... ¿es mentira?
—Claro que sí.

La madre apagó la luz, se dirigió a la cama de Luisma y le arropó con cuidado, luego le dio el beso de despedida.

—Hasta mañana, mamá.
—Hasta mañana, hijo.

Después fue a la cama de Nano, le quitó la almohada y se la colocó adecuadamente. Se agachó y también le dio el beso de despedida.

—Hasta mañana, Nano.

Y Nano, claro, aprovechó que a su madre se le había pasado el enfado.

—Es verdad que una viejecita va a tejerme un jersey —le dijo—. Ella quería que fuese como el arco iris, pero yo le he dicho que mejor liso.

—Duérmete ya y no digas más tonterías, que luego tu hermano se las cree.

—¡Si es verdad...!

—Hasta mañana.

—Ya os convenceréis cuando traiga el jersey.

La madre salió de la habitación y dejó la puerta entornada, ya que a Luisma le daba miedo la oscuridad.

—Eres un mentiroso, Nano. No existen las bicicletas que vuelan. ¡Mentiroso, mentiroso!

—¡Como te pegue una torta, te vas a enterar!

—¡Mamá! ¡Nano me quiere pegar!

Sin duda era la venganza de Luisma, que al final siempre salía ganando, como era el pequeño... Nano se dio media vuelta y trató de dormirse cuanto antes.

DESDE QUE SE LEVANTÓ a la mañana siguiente, Nano no pudo apartar de su mente a Esmeralda. ¿Habría sido un sueño? Tenía serias dudas, ya que ahora, con la lucidez que da la mañana, todo lo ocurrido la tarde anterior en el parque le parecía bastante inverosímil. Durante el desayuno trató de disipar algunas dudas haciendo preguntas a su padre:

—¿Crees tú que una viejecita puede tirar penaltis?
—¿Una viejecita? Pero... ¿muy viejecita?
—Sí.
—¿De cuántos años?
—No sé... Cien o noventa.
—¡Qué barbaridad! De ninguna manera. A esa edad ya no se pueden tirar penaltis.
—Pues yo conozco una que los tira.
—Será más joven.
—Tal vez; pero te aseguro que los tira como un delantero de primera división.
Y de pronto el padre de Nano se daba cuenta de que su hijo aún no había empezado a desayunar, y cambiaba súbitamente de conversación:
—¿Quieres empezar a desayunar? Se te va a quedar helado.
Nano daba un par de bocados a la tostada; pero, en cuanto podía, volvía a la carga:
—¿Crees tú que una viejecita puede montar en bici?
—No hables con la boca llena.
Nano tragaba con esfuerzo y daba un sorbo de leche para aclararse la garganta.
—¿Crees tú que una viejecita...?
—¡Y dale con la viejecita! ¡Vaya perra que has cogido con la viejecita!
Nano comprendió que no era oportuno seguir haciendo preguntas y se dedicó a desayunar sumido en sus pensamientos:
«Seguro que a Luisma no le contesta así. Yo reconozco que a veces puedo resultar pesado;

pero anda que Luisma... ¡es insoportable cuando se pone a hacer preguntas!»

¡QUÉ LARGO SE LE HIZO el colegio aquel día! Parecía que las clases nunca iban a terminar. Se distraía una y otra vez y se quedaba embelesado mirando a través de las ventanas del aula. A lo lejos, casi tapado por los grandes edificios, se veía un trozo de parque. ¡Ay, si pudiese escaparse del colegio y corretear un poco por el parque...! Tal vez Esmeralda ya estuviese sentada en un banco tejiendo su jersey.

El profesor, claro, se dio cuenta:

—Nano, repite lo último que he dicho.
—¿Qué? ¿Cómo?
—Estás distraído.
—¿Yo?
—Sí, tú; deja de mirar por la ventana y presta más atención.

Nano trató de prestar más atención, pero le resultaba imposible. Unos pensamientos, aparentemente rarísimos, le asaltaban a cada momento y le transportaban muy lejos de la lección de «naturales» que el profesor les explicaba con detenimiento.

¿Por qué le habría dicho Esmeralda que si encontraba un motor tirado se lo llevase? ¡Qué tontería! Aun suponiendo que encontrase uno en algún depósito de chatarra, ¿cómo iban a acoplarlo a la bicicleta? Para eso hay que ser mecánico, o algo por el estilo. ¿Entendería Esmeralda de mecánica? Seguro que no. Segurísimo que no.

—¡Nano! —gritó el profesor.

—¡Eh! —Nano se asustó un poco.

El profesor iba a reprender seriamente a Nano por su falta de atención, pero de pronto cayó en la cuenta de que acababa de comenzar la primavera. Y ya se sabe lo que ocurre cuando empieza la primavera; bueno, no se sabe bien, pero los alumnos se distraen una barbaridad en clase, por supuesto mucho más que en el invierno. Quizá por eso el profesor suspiró profundamente, se asomó a la ventana y dijo:

—¡Qué tarde tan maravillosa!

Nano asintió con la cabeza.

Tal vez Esmeralda tuviese intención de contratar un mecánico para que acoplase el motor a la bicicleta. Entonces... ¿qué pasaría? Muy sencillo: la bicicleta se convertiría en motocicleta, eso sí, de ninguna manera podría volar, como aseguraba Esmeralda. Él había visto carreras de motos por la tele y, a pesar de alcanzar velocidades impresionantes, ninguna llegaba a volar. ¿Y si Bronifr..., o como se diga, era de verdad una bicicleta mágica? No, no; qué tontería, eso sólo ocurría en los cuentos de Luisma.

Justo a las cinco de la tarde sonó el timbre de salida y, aunque lo hizo como siempre, a Nano le pareció que sonaba de otra forma. El aula se llenó de alboroto y el profesor ni siquiera pidió silencio una sola vez; se limitó a mirar por la ventana y a suspirar un par de veces.

—¡Qué tarde tan maravillosa! —repitió.

CAMINO DEL PARQUE, Nano volvió a pensar que a lo mejor todo había sido un sueño, uno de esos sueños que llegan a parecernos realidad y que incluso nos persiguen insistentemente durante algunos días.

Arancha salió a su encuentro.

—¡Hola, Nano!

—¡Hola!

—¿Te vienes a los columpios?

—No.

—¿Hoy también vas a pensar?

—No, digo... sí.

—Siempre quieres pensar.

—Y tú siempre quieres ir a los columpios.

—Porque son más divertidos.

Nano iba a seguir su camino, pero de repente se volvió hacia Arancha.

—¿Conoces tú a Esmeralda? —le preguntó.

—¿Esmeralda? No, no conozco a nadie con ese nombre. ¿A qué colegio va?

—Ella no va a ningún colegio. Es una viejecita que lleva un jersey como el arco iris.

Nano no quería contar nada de su encuentro con Esmeralda por si todo resultaba ser un sueño.

—¡Ah! —Arancha cayó en la cuenta—. ¿La que casi te atropella ayer con la bicicleta?

—¡Ésa!

Era todo lo que quería saber.

Arancha conocía a Esmeralda, luego existía. No era un sueño.

CAMINÓ A BUEN PASO hacia la alameda, mirando con ansiedad de un lado a otro. Llegó al banco donde la tarde anterior encontró a Esmeralda, pero estaba vacío. ¡Qué contrariedad! Y el parque se acababa allí mismo.

¿Sería posible que Esmeralda no hubiese acudido al parque aquella tarde? A lo mejor no había podido. A lo mejor se había puesto enferma, a su edad es fácil coger enfermedades; ella misma había confesado que padecía reuma. Pero a Nano lo del reuma no le sonaba a enfermedad grave.

«Reuma. Mi padre también dice que tiene reuma y, sin embargo, va a trabajar todos los días.»

Después de hacer un montón de consideraciones parecidas, Nano comenzó a andar en dirección a los columpios, donde continuaba Arancha meciéndose incansablemente. Al pasar junto a la caseta donde los jardineros guardaban las herramientas, escuchó un sonido que le hizo cambiar la expresión de su cara.

«¡Iggg-graaaaaggggg!»

¡Era ella!

Corrió hasta la caseta y, como la puerta estaba abierta, entró a toda velocidad. Se chocó de narices contra el vigilante del parque, que en aquel momento se estaba poniendo su uniforme de vigilante.

—Usted perdone, señor vigilante —murmuró Nano.

—¡Ah! Eres tú. ¡Que no te vuelva a ver tirando piedras a los patos del estanque!

¡Qué obsesión tenía aquel hombre! Parecía que los patos eran sus propios hijos. Y además, Nano nunca había tirado piedras a los patos, ¡qué caramba!

Se dio media vuelta y salió de la caseta. Escuchó atentamente. ¡Qué extraño!

«¡Iggg-graaaaaggggg!»

Los ronquidos se escuchaban por... por... por...

Nano escuchó con más atención todavía.

Por... por... por...

—¡Por detrás! —exclamó, y echó a correr hacia la parte trasera de la caseta.

Y allí estaba Esmeralda, sentada en un banco roto que los jardineros habían retirado del parque, con su jersey que parecía el arco iris y la boca abierta. También estaba la viejísima bicicleta apoyada sobre la pared.

Sin hacer ruido fue a sentarse en uno de los brazos del banco. A pesar de que lo hizo con muchísimo cuidado, justo en el momento en que su trasero tocaba el banco, Esmeralda cerró la boca de golpe, ahogando un incipiente ronquido, y abrió los ojos.

—¡Hola, Naaaaaaano! —dijo bostezando.

—No quería despertarte.

—Ya he dormido bastante. ¿Has encontrado algún motor tirado?

Era lo que Nano se temía. Esmeralda seguía con su disparatada idea del motor. Había llegado el momento de aclarar de una vez las cosas. Si Esmeralda le creía tonto, tenía que demostrarle que no lo era; y si es que estaba loca de remate, como sospechaba, debería asegurarse por completo de ello.

—No he encontrado ningún motor tirado —respondió Nano—. Es decir, ni siquiera me he molestado en buscarlo.

—No importa —le interrumpió Esmeralda risueña—. Yo he encontrado uno.

—Pero es que yo no creo que la bicicleta pueda volar poniéndole un motor.

—¿Ah, no? Pues te convencerás.

Tras el banco roto había una gran bolsa de plástico. Esmeralda se agachó a cogerla, llevándose las manos a los riñones.

—¡Ay, el reuma!

Introdujo su brazo en la bolsa y al instante sacó una vieja aspiradora bastante deteriorada y otros artilugios que Nano no consiguió identificar.

—Eso es una aspiradora.

—Sí; encontré varios motores, pero esta aspiradora me pareció lo más adecuado. ¿A que no adivinas por qué?

Nano no estaba para adivinanzas.

—Seguro que no funciona —contestó.

—No funcionaba, pero ya la he arreglado.

—¿Y dónde la vas a enchufar? Sin electricidad, no podrá ponerse en marcha.

—Todo está previsto, Nano. He construido un pequeño transformador, que instalaré bajo el sillín de Bronifraugstan. ¡Funcionará con pilas! ¿Qué te parece, Nano?

Nano prefirió no opinar. Cambió de conversación.

—¿Por qué no estabas en el mismo sitio que ayer? —fue lo primero que se le ocurrió.

—Porque hoy hace algo de viento. La caseta de los jardineros me resguarda del viento.

Esmeralda se había arremangado el jersey hasta los codos y, con la aspiradora entre las manos, se había agachado junto a la bicicleta. Nano se admiró de lo bien que manejaba los alicates y la llave inglesa. ¡Qué manera de apretar tornillos! Se quedó tan embelesado mirándola, que por un momento se olvidó de su chifladura y le pareció interesantísima la colocación del motor a Bronifr..., o como se diga.

—¿Y este tubo tan largo? —preguntó.

—Es el brazo aspirador. Nos servirá de tubo de escape.

—¿Dónde lo colocarás?

—Por detrás del sillín, naturalmente.

—¿Quieres que lo sujete?

—Sí, claro. Mientras, yo conectaré estos cables al transformador.

Y sin apenas darse cuenta, Nano se entusiasmó con la instalación del motor. Y hasta de cuando en cuando se permitía el lujo de opinar.

—Pues yo creo que este rodillo debemos acoplárselo directamente al piñón.

—Como tú quieras, Nano. Funcionará de todas las maneras...

Por lo menos tardaron una hora en colocar cada pieza en su sitio; pero, como todo resultó tan divertido, el tiempo se les pasó volando.

Al terminar, a Esmeralda le costó una barbaridad ponerse derecha, se tuvo que apoyar en Nano e ir incorporándose poco a poco.

—Nano, ¿tienes reuma?

—No.

—Pues lo tendrás. Cuando seas viejo, lo tendrás. Todos los viejos tenemos reuma.

Una vez derecha, se quedó unos segundos en silencio, contemplando con orgullo su bicicleta.

—No te podrás quejar, Bronifraugstan, te hemos dejado preciosa. Con el motor te olvidarás de tus achaques. ¡Si yo pudiese también ponerme un motor...!

Esmeralda suspiró profundamente y cambió de talante.

—¿A qué esperamos, Nano? ¿Te gustaría dar una vueltecita por encima de aquellos árboles?

Nano iba a decir que aquella propuesta era imposible de realizar, pero sólo dijo:

—No tenemos pilas. Y sin pilas, el motor...

Esmeralda se alzó un poco el jersey que parecía el arco iris y rebuscó por los bolsillos de su vestido.

—¡Aquí están! —exclamó, mostrando a Nano dos pequeños objetos que parecían cualquier cosa excepto pilas.

—¿Qué es eso?

—Las mejores pilas del mundo. Igor las hizo expresamente para mí.

—¿Igor? ¿Quién es Igor?

—Un brujo de mi país. Las pilas que él fabrica son las mejores del mundo, jamás se acaban.

Lo de las pilas era un disparate demasiado grande. Nano volvió a caer en la cuenta de que todo aquello no era más que un juego descabellado y... —¿por qué negarlo?— hasta divertido. Pero de ahí a aceptar que aquellas extrañas pilas fuesen eternas o que la bicicleta pudiese volar con el motor de una vieja aspiradora, mediaba un abismo. ¡Cómo un abismo! Mediaban por lo menos... cuatro o cinco abismos.

—¿Has fijado bien el tubo de escape?

Nano iba a decir: «¡Basta de fantasías!» Pero dijo:

—Sí.

Esmeralda colocó las pilas junto al transformador, en un compartimiento que había dispuesto con todo detalle. Conectó un par de cables más y se sacudió las manos.

—¡Lo que manchan los motores! —exclamó.

Nano iba a decir: «¡No estoy dispuesto a seguir con este juego tan absurdo!». Pero dijo:

—¿Qué hay que hacer para ponerlo en marcha?

—Es sencillísimo —contestó Esmeralda—. Basta con apretar el interruptor de la aspiradora.

Esmeralda cogió la bicicleta por el manillar y la llevó hasta uno de los caminos más largos y derechos del parque.

—¿Qué te parece, Nano?

—Qué me parece... ¿qué?

—La pista de despegue. ¿Acaso no se dice así?

Nano pensó: «¡No tiene solución, habría que internarla en un manicomio!» Pero dijo:

—¿Y si se cruza alguien en el camino?

—Tocaré la bocina para advertirle.

E insistió:

—Al final hay una fuente, podríamos chocar.

—Confío en que, al llegar a la altura de la fuente, nos habremos elevado.

¡No había solución! Una de dos: o le seguía la corriente, o se marchaba al instante sin dar explicaciones. No obstante hizo un último esfuerzo.

—¿Has empezado ya mi jersey? —preguntó.

Esmeralda se hizo la sorda, pero Nano insitió:

—¿Has empezado ya mi jersey?

Esmeralda arrugó la frente y tosió un par de veces sin tener ganas de toser.

—Pues verás, Nano... No creas que me he olvidado de tu jersey, todo lo contrario; pero... es que... No sé lo que pasó.

—¿Qué pasó? —a Nano le inquietaba tanto misterio.

—Anoche, en cuanto llegué a mi casa comencé a tejerlo. Pero... ¿cómo explicarlo? Yo sabía de sobra que a ti te gustaba liso, pero... Es que a veces parece que mis dedos no quieren obedecerme y... y...

—¿Y qué? —Nano se estaba poniendo nervioso.

Esmeralda volvió a meter la mano en la gran bolsa de plástico, rebuscó por el fondo y sacó otra bolsa más pequeña, la abrió y sacó un precioso jersey con franjas de colores.

—¿Comprendes ahora, Nano? Yo quería hacértelo liso, pero me salió así.

Y a Nano, la verdad, no le pareció un jersey feo, todo lo contrario. Iba a decírselo a Esmeralda, pero ella se adelantó:

—Esta noche lo voy a deshacer.

—No te molestes.

—No es ninguna molestia. Te haré uno completamente liso.

Esmeralda guardó el jersey y volvió a la bicicleta. Como Nano no encontró ningún otro pretexto, decidió seguirle la corriente. Al fin y al cabo lo peor que podía ocurrirles era que se chocasen contra la fuente, y en ese caso Esmeralda se llevaría la peor parte. Las personas mayores aguantan muy mal los golpes.

De un salto, y volviendo a hacer gala de una agilidad sorprendente, se subió a la bicicleta e indicó a Nano con un gesto expresivo que la siguiese.

Nano se encogió de hombros y se sentó en el sillín trasero.

—¿Preparado? —preguntó Esmeralda.

—Sí.

—Conectaré entonces el motor.

Esmeralda enchufó un cable en el transformador y a continuación apretó el interruptor de la aspiradora.

Nano sintió trepidar la bicicleta bajo su trasero. ¡Funcionaba! ¿Sería posible? Sonaba casi como una motocicleta.

—Ahora comenzaré a pedalear —dijo Esmeralda—. ¡Agárrate fuerte!

Menos mal que Nano se agarró fuerte, porque de pronto la bicicleta salió disparada hacia atrás a toda velocidad. En vano Esmeralda pedaleaba con todas sus fuerzas.

—¿Qué te ocurre, Bronifraugstan, te has vuelto loca?

Algo había fallado, pues la bicicleta en vez de

andar hacia delante, andaba hacia atrás. Y si hacia delante era peligroso, hacia atrás era una temeridad.

—¡Socorro! —gritó Esmeralda cuando se dio cuenta de que había perdido el control.

Nano iba a pedir también socorro, pero la caseta de los jardineros se lo impidió.

Menos mal que chocaron de refilón y salieron rebotados hacia unos tupidos setos de aligustres, que amortiguaron el golpe. La bicicleta quedó enganchada en la planta, y Nano y Esmeralda dieron por lo menos media docena de volteretas.

Nano se levantó de un salto. Era lo que se temía: ¡un buen «tortazo»! Pero... ¿y Esmeralda? Un golpe así podría incluso haberla matado.

—¡Esmeralda! —gritó angustiado.

—Aquí estoy.

Y entre los aligustres, Nano distinguió algo que parecía un arco iris de lana.

—¿Te has hecho daño? —le preguntó tendiéndole las manos.

—Un poco, sí, en los riñones. Lo que le faltaba a mi reuma.

Con el cuerpo lleno de hojas y algún arañazo en la cara reapareció Esmeralda ante Nano, quien respiró larga y profundamente.

—Creí que te habías matado —dijo.

—¡Oh, no! Las brujas no nos morimos así como así —y comenzó a buscar algo con la mirada.

—¿Qué buscas?

—A Bronifraugstan. No entiendo por qué no ha funcionado bien.

Nano llevó a Esmeralda hasta la bicicleta, que no había sufrido desperfectos importantes. Nada más verla, Esmeralda se llevó las manos a la cabeza y se golpeó la frente repetidas veces.

—¡Claro! ¡Claro!

—¿Qué ocurre?

—Hemos cometido un fallo garrafal, Nano.

—¿Cuál?

—El tubo de escape... quiero decir, el tubo aspirador...

—¿Qué pasa con el tubo?

—¿No comprendes, Nano? El tubo tiene que estar al revés. No nos hemos dado cuenta de ese pequeño detalle. Al aspirar, la bicicleta va hacia atrás.

«Es verdad», pensó Nano, pero no se atrevió a decirlo.

—Tenemos que darle la vuelta inmediatamente.

Mientras Esmeralda, totalmente recuperada del golpe, daba la vuelta al tubo aspirador, Nano pensaba en sus palabras:

«Por el tubo de una aspiradora entra aire, eso es verdad. Alguna vez mi madre me ha dejado limpiar la alfombra con la aspiradora. Entra aire... y de todo. Luisma hizo pedacitos una hoja de su cuaderno y la aspiradora los absorbió. Y claro, si entra aire no puede ser tubo de escape. Por los tubos de escape salen cosas: gases, humos... Pero si damos la vuelta al tubo... entonces se convierte en... ¡Qué buena idea!»

—¡Listo! —dijo Esmeralda, sacudiéndose las

manos—. Ahora sí que es un verdadero tubo de escape. Sube, Nano.

Esmeralda ya había vuelto a montarse en la bicicleta. Nano estaba tan ensimismado con sus pensamientos que obedeció sin rechistar.

—¡Agárrate, Nano! ¡Vamos a volar! ¡A volar!

Apretó de nuevo el interruptor de la aspiradora y la bicicleta comenzó a trepidar. Esmeralda se arremangó el jersey hasta los codos y comenzó a pedalear.

—¡Funciona! —gritó entusiasmada.

La bicicleta enfiló el largo paseo del parque y se lanzó por él a toda velocidad.

—¡Funciona! —gritó Nano, poseído por una extraña emoción.

A la mitad del paseo la rueda delantera ya se había despegado del suelo. Poco antes de llegar a la fuente, la bicicleta, con sus dos pasajeros a bordo, volaba a dos o tres metros de altura. A partir de ese momento se elevó con facilidad y, sobrevolando los últimos árboles, salió del parque.

Y desde el aire, la ciudad era más bonita, mucho más bonita, muchísimo más bonita.

Esmeralda dejó de pedalear.

—Una vez que se alcanza la altura adecuada, no es necesario seguir pedaleando —dijo.

Esmeralda rebuscó en sus bolsillos y sacó las manos llenas de extraños polvos, que esparció a su alrededor.

—Son polvos mágicos. Gracias a ellos la gente no podrá vernos mientras volemos. Siempre me han molestado los curiosos.

Se sacudió las manos y sonrió.
—¿Qué te parece, Nano?
Nano no respondió.
Esmeralda repitió la pregunta.
—¿Qué te parece?
Nano estaba tan emocionado que no podía pronunciar una sola palabra.

3

A las cinco en punto de la tarde del día siguiente, Nano saltó del pupitre al oír el timbre de salida. Fue como si de repente el asiento estuviese ardiendo. El profesor de «naturales» casi ni lo vio pasar ante él.

—¡Ay, la primavera...! —suspiró el profesor.

Bajó las escaleras de tres en tres y tuvo la suerte de encontrarse el semáforo del cruce en verde. Por esquivar a un perro casi se chocó contra una papelera. Y por atajar por un descampado, pisó un charco y se salpicó de barro los pantalones.

A las cinco y tres minutos entró en el parque y a las cinco y tres minutos y medio llegó a la caseta de los jardineros.

—¡Esmeralda! —gritó.

Dio la vuelta a la caseta de los jardineros. El banco roto seguía en su sitio, pero Esmeralda no estaba.

Se chupó el dedo índice y lo alzó.

—¿Qué haces, Nano? —le preguntó Arancha, que apareció de improviso.

—Quiero saber cuál es la dirección del viento.

—¿Y para eso te chupas el dedo?
—Sí.
Arancha se chupó el dedo y lo levantó.
—Y ahora ¿qué pasa?
—Nada.
—Pero ¿cómo se sabe por dónde viene el viento?
—Por el lado del dedo que se te enfríe antes.
—A mí no se me enfría ningún lado.
—Eso es porque no hay viento.
—¡Ah! ¿Te vienes a los columpios?
—No.
Arancha se encogió de hombros y echó a correr hacia los columpios. Nano, también corriendo, se dirigió hacia la alameda y enseguida divisó a Esmeralda. Pero... no estaba sola. ¿Quiénes serían esos dos viejecitos que la acompañaban? ¿Serían también brujos?

Esmeralda agitó un brazo.
—¡Nano! ¡Nano! Estoy aquí. Te estábamos esperando.

Nano se acercó al grupo, y Esmeralda hizo las presentaciones.
—Éste es Nano y éstos son Fermín y Zacarías. A Zacarías le puedes llamar Zaca.

Nano los miraba detenidamente, intentando descubrir en ellos algún rasgo de brujo. Pero... ¿cómo eran los brujos? Él jamás había visto uno, sólo conocía a Esmeralda y, la verdad, a simple vista nadie diría que se trataba de una bruja.

—Te estábamos esperando para jugar a la brisca. ¿Sabes jugar a la brisca?
—No —respondió Nano.

—Es igual, aprenderás enseguida. Se dan tres cartas a cada uno y se deja un montoncito en la mesa para ir robando. Jugaremos de parejas. Tú y yo contra Fermín y Zaca.

Entre los cuatro juntaron dos bancos, el uno frente al otro. Nano se sentó junto a Fermín y Esmeralda junto a Zaca, de manera que los compañeros quedaban situados en diagonal. Sobre sus rodillas colocaron un gran cartón rígido, y Zaca se sacó de un bolsillo de la chaqueta una vieja baraja. Se ensalivó el pulgar y comenzó a repartir las cartas.

Si Nano hubiese tenido la seguridad de que aquellos dos viejecitos no eran brujos, se hubiera negado a jugar. Lo que él quería era volver a montar en Bronifraugstan, que hasta había aprendido a pronunciar correctamente su nombre. ¡Bronifraugstan! Por cierto, ¿dónde estaba Bronifraugstan?

—Si tienes un as, me guiñas un ojo —le dijo Esmeralda—. Ahora sal con una carta mala.

Nano tiró un dos de espadas, que le pareció una carta malísima. Luego echaron cartas Fermín, Esmeralda y Zaca.

—¡Hemos ganado! —gritó Esmeralda y recogió las cartas.

Nano seguía buscando a Bronifraugstan con la mirada. ¿Sería posible que Esmeralda se hubiese olvidado de Bronifraugstan? Clavó sus ojos en ella intentando encontrar una respuesta. En ese momento sintió un golpe en su pantorrilla derecha. Para aliviar el dolor, introdujo la mano que le quedaba libre por debajo del cartón y se frotó la parte dolorida. Entonces sintió unos dedos que le cogían la mano y le dejaban algo, algo que parecía... Sí, algo que era... ¡una carta! Miró a todos y, con disimulo, juntó la carta con las demás. Esmeralda le guiñó un ojo.

—Tú sales, Nano —le dijo.

Nano echó la carta que había recibido por debajo del cartón. A continuación lo hicieron los demás jugadores.

—¡Hemos ganado! —volvió a gritar Esmeralda.

Mientras duró la partida, Nano no dejó de recibir patadas en sus pantorrillas e, invariablemente, cuando bajaba la mano para aliviarse el dolor, recibía una carta. Ni que decir tiene que Nano y Esmeralda ganaron la partida.

Esmeralda estaba muy contenta. Se puso de pie y dio saltos de alegría alrededor de los bancos. Fermín y Zaca movían la cabeza de un lado a otro.

Cuando dejó de dar saltos, cogió a Nano y se lo llevó de la mano casi a rastras.

—Adiós, Fermín. Adiós, Zaca. Mañana os daremos la revancha, pero os volveremos a ganar. Mi amigo Nano es un maestro de la brisca. ¡Ah! Y en cuanto se ponga el sol quiero veros con la bufanda bien enrollada al cuello, que se levanta fresco y podéis resfriaros.

Fermín y Zaca los despidieron con una sonrisa infantil.

—Yo les he tejido las bufandas —explicó Esmeralda a Nano—, pero no se las quieren poner porque son de colorines. ¿Lo entiendes?

—Sí.

—Se me olvidaba que a ti tampoco te gustan los colorines. A propósito...

Esmeralda bajó la cabeza y se calló.

—¿Qué?

—No, nada...

—No te creo. Querías decirme algo.

—Verás, Nano... he vuelto a intentarlo. Anoche deshice el jersey.

—¿Y empezaste el liso?

—Lo empecé, sí; pero al poco tiempo de empezar me quedé dormida.

—No importa. No me corre prisa.

—Es que... a veces ocurren cosas imprevistas. Una piensa que esto... y... y... ocurre lo otro.

—No te entiendo.

—Me quedé dormida, pero mis dedos continuaron tejiendo solos. Están tan acostumbrados...

—Eso no es posible.

—Te lo aseguro.

—Me estás tomando el pelo.

—Recuerda, Nano, que soy una bruja, y las brujas somos muy especiales.

—Bueno, si te pones así, te creeré.

Esmeralda rebuscó en su bolso y sacó un precioso jersey de colorines que parecía el arco iris. Nano lo miró detenidamente. Sí, era bonito; los colores estaban combinados con armonía y el conjunto resultaba perfecto. ¿Por qué no admitirlo? Nano iba a decírselo a Esmeralda, pero ella se anticipó.

—No se hable más —dijo—. Esta noche lo

deshago y empiezo uno nuevo, completamente liso.

Y Nano estaba tan atento a las palabras de Esmeralda, que no se dio cuenta de que habían llegado al lugar donde se hallaba Bronifraugstan, aunque casi ni se veía, pues estaba cubierta por completo con unas ramas secas que los jardineros habían apartado.

—No he querido que la vean así, con el motor y el tubo de escape —dijo Esmeralda—. Se llenaría esto de mirones y nunca he soportado los mirones. ¿Qué te gustaría hacer hoy?

—Viajar —respondió Nano, con los ojos abiertos como platos.

—¿Te gusta viajar?

—¿Eh? —Nano había comenzado ya el viaje con la imaginación.

—¡Que si te gusta viajar! —insistió Esmeralda.

—¿Viajar? —Nano se dio cuenta de que aún tenía los pies sobre el suelo—. ¿Viajar? No. Bueno, sí. Depende. Cuando viajo con mis padres, no me gusta.

—¿Por qué?

—No sé. Es que yo tengo que ir siempre en el asiento de atrás, con Rosa y Luisma. Y Luisma es un pesado, me da patadas y se pone de pie en el asiento, me pisa por todas partes. Si le empujo, se pone a llorar y mis padres me regañan. Y a Rosa no puedo ni tocarla. Si en una curva me choco contra ella, grita como una histérica. Y mis padres me vuelven a regañar.

—¿Por eso no te gusta viajar?

—Mi padre se pasa el camino señalándonos cosas, como si estuviésemos ciegos: mirad, un tren; mirad, una montaña; mirad, un puente... y a veces, como está conduciendo, no se fija bien y confunde un toro bravo con una vaca lechera, o un chopo con un poste de la luz. Y si se lo digo, mi madre me llama impertinente. ¿Tú sabes lo que significa impertinente?

—¿Impertinente? No, no lo sé. Ten en cuenta que soy de otro país.

—Pues lo busqué en el diccionario. ¿Y sabes lo que ponía?

—No, dímelo.

—«Impertinente: Nimiamente delicado o melindroso.» ¿Entiendes algo?

—No mucho.

—Yo tampoco. Estoy deseando llegar a ser adulto para entender las cosas, y las palabras raras, y todo.

—¡Adulto! Eso sí sé lo que significa.

—Como mi hermana Rosa es adulta, la regañan menos.

—¿Es adulta tu hermana Rosa?

—Sí; hace poco estuvo enferma y el médico le recetó unos supositorios. Yo vi la caja y ponía «adultos». Sin embargo, cuando a mí me recetan supositorios, en la caja pone «infantil». ¿Comprendes?

—Está muy claro.

—Sólo cuando el médico me recete los mismos supositorios que a Rosa, seré adulto. Y entonces...

—Y mientras tanto... —le interrumpió Esmeralda—. Lo importante de la vida es el mientras tanto, te lo asegura una bruja con experiencia. Y mientras tanto... ¿qué hacemos?

NANO APARTÓ LAS RAMAS que cubrían a Bronifraugstan. ¡Qué maravilla de bicicleta! Y qué bien le sentaba el motor de aspiradora y el tubo de escape. Es que parecía algo... algo... Bueno, no se sabía bien lo que parecía, pero a Nano le entusiasmaba. Pasó con delicadeza la mano por el manillar, por el cuadro, por los pedales, por el sillín...

—¿Qué haces? —le preguntó Esmeralda.

—A veces pienso que Bronifraugstan es un sueño, que no existe... En clase me quedo pensando y pensando...

«Meeeegggg.»

Esmeralda hizo sonar de improviso la estrepitosa bocina de Bronifraugstan. Nano, que no lo esperaba, dio un respingo. ¡Menudo susto!

—¿Has oído? —dijo Esmeralda—. ¿Aún sigues pensando que estás soñando?

—¡No!

—Pues... ¡adelante!

Se arremangó el jersey hasta los codos y se subió a la bicicleta, colgándose el bolso en bandolera. Nano la siguió sin perder un segundo y se instaló en el sillín trasero.

—¿Qué te parece si antes de volar nos damos

un paseíto por la ciudad? Me servirá para desentumecer los músculos.

—Como quieras.

Esmeralda comenzó a pedalear pausadamente y la bicicleta se puso en marcha.

—¿No conectas el motor? —preguntó Nano.

—No hace falta. Lo reservaremos para el despegue, que es lo más trabajoso.

Bordearon el parque y salieron a la calle.

—Mis padres no me dejan sacar la bicicleta a la calle porque hay muchos coches —dijo Nano.

—Hacen bien —Esmeralda dio un quiebro inesperado y se puso a adelantar a un autobús—. Hay que ser una conductora experta, como yo, para conducir por una ciudad como ésta.

Un coche que venía de frente por el carril contrario tuvo que subirse a la acera para esquivarlos. El conductor, por supuesto, hizo sonar el claxon varias veces, sacó la cabeza por la ventanilla y dijo una palabrota gordísima.

—¿Estás segura de que eres una conductora experta? —preguntó Nano con un poco de malicia.

—¿Lo dudas?

—Yo no, pero el conductor de ese coche...

—Los conductores son unos maleducados. A las señoras de edad hay que cederles el asiento y, si llega el caso, la carretera.

Por el tubo de escape de una furgoneta que marchaba delante salió un borbotón de humo negro, que los envolvió por completo. Nano se tapó la nariz con la mano y procuró no respirar durante unos segundos. Esmeralda comenzó a toser y, soltándose de manos, repartía manotazos al humo, tratando de alejarlo.

—¡Qué porquería! —exclamaba—. ¡Qué cochinada! No sé cómo permiten circular estos vehículos tan antiguos.

Manoteaba el humo con tanto ahínco, que no advirtió que a pocos metros había un semáforo. Nano vio cómo cambió la luz del verde al ámbar.

—¡Cuidado! —exclamó.

—¡Qué asco! A este paso tendremos que circular con mascarillas.

—¡Cuidado! —repitió Nano.

Esmeralda, desesperada, comenzó a soplar con fuerza.

—¡Humo, vete! ¡Fuera! ¡Me vas a tiznar los bronquios! ¡Largo de aquí!

En el semáforo se apagó el ámbar y se encendió un rojo brillante.

—Tendré que adelantar a esta furgoneta; si no, moriremos asfixiados.

—¡El semáforo! —gritó Nano.

Esmeralda se echó de golpe a la izquierda, pedaleó con fuerza y sobrepasó a la furgoneta, que frenaba ya ante el semáforo.

Nano comprendió que todo era inevitable. Cerró los ojos y se apretó contra la espalda de Esmeralda.

A su derecha oyó un bocinazo tremendo, por lo menos de autocar; a su izquierda un silbato de guardia parecía haberse vuelto loco y no cesaba de sonar; por todas partes, en sinfonía estrambótica, se mezclaban pitidos de automóviles y gritos de transeúntes asustados.

Nano se apretó más fuerte contra Esmeralda.

Al cabo de unos instantes volvió el silencio, ese silencio ruidoso de las grandes ciudades. A Nano le daba miedo abrir los ojos. Por un momento había llegado a pensar que habían tenido un accidente y se encontraban en un hospital.

—¡Por fin consigo respirar de nuevo! —exclamó Esmeralda—. Las brujas estamos acostumbradas al aire limpio y estos tufos nos afectan mucho.

Por las palabras de Esmeralda, Nano dedujo que no habían tenido ningún accidente y se decidió a abrir los ojos.

¡Era maravilloso!

Respiró profundamente un par de veces.

Circulaban ahora por una calle poco concurrida. Esmeralda pedaleaba tranquilamente como si nada hubiese pasado.

—¿Es de sentido único esta calle? —preguntó Nano, al ver que todos los coches iban en el mismo sentido.

—Sí, creo que sí —respondió Esmeralda.

«¡Menos mal!», pensó Nano.

Durante algunos minutos el paseo se convirtió en algo agradable. Aunque Nano tenía bicicleta, nunca había circulado por el centro de la ciudad. Le parecía muy interesante ver las cosas desde una bicicleta que, por cierto, corría más que los coches. Nano observó que iban continuamente por la izquierda, adelantando sin cesar.

—¿Has conectado ya el motor? —preguntó intrigado.

—No; he tomado impulso en una cuesta abajo. Ahora vamos lanzados.

—Pues ten cuidado.

—No te preocupes.

—¡Qué manera de correr! —murmuró.

—¿Qué?

—Que no sé cómo Bronifraugstan puede correr tanto.

—Recuerda que Bronifraugstan es la bicicleta de una bruja. Con los años algo se le ha pegado de mí.

Nano estaba seguro de que Esmeralda era una bruja —después del viaje aéreo lo creyó a pie juntillas—, lo que le ocurría era que en determinadas ocasiones pensaba que estaba soñando. A él siempre le había gustado soñar despierto y temía que alguno de sus sueños le hubiese jugado una mala pasada y tomase apariencia de realidad.

—¿Dónde está tu país? —le preguntó de pronto a Esmeralda, tratando de recomponer ese desordenado rompecabezas que tenía en la mente.

—Al norte —contestó Esmeralda.

—Pero... ¿muy al norte? —insistió Nano.

—Bastante. Lo suficiente como para que mi reuma no lo pudiese soportar. El frío no es bueno para el reuma, por eso me vine aquí.

Al hablar, Esmeralda volvía la cabeza constantemente hacia Nano, al tiempo que se soltaba de manos y accionaba acompañando sus palabras. Nano se arrepintió de haberle hablado, ya que de nuevo volvía a embargarle una sensación de peligro.

—¡Cuidado! —gritó.

—¿Qué ocurre?

—Esa señora va a cruzar la calle.

—Tranquilo, la he visto. Como te iba diciendo, un día escribí una carta a una bruja de aquí, amiga mía.

—¿Quieres decir que aquí, en mi país, hay brujas?

—Claro que las hay.

—Pues yo no he visto ninguna.

—¿No?

—No.

—Recuérdame que te dé la dirección de algunas. Son muy simpáticas. Sí, ellas me aconsejaron viajar hasta aquí, me aseguraron que este clima me iría bien para el reuma.

—¿Y te ha ido bien?

—Muy bien. He mejorado mucho. Antes casi no podía mover los brazos y ahora, sin embargo, mira.

Esmeralda volvió a soltarse de manos y comenzó a realizar extraños ejercicios con los brazos. La bicicleta comenzó a tambalearse, y Nano volvió a abrazarse con fuerza a Esmeralda y a cerrar los ojos.

«Esta vez no nos libramos», pensó.

Sintió cómo Bronifraugstan daba un salto, seguramente al superar el bordillo de la acera, y cómo se tambaleaba estrepitosamente.

—Todas las mañanas hago gimnasia —continuó Esmeralda—. ¡Uno, dos! ¡Uno, dos!... ¡Ahhhhhhh!

De pronto, Esmeralda había descubierto que

estaban circulando por medio de una plaza y que iban derechos hacia...

—¡La fuente! —gritó—. ¡Que aparten esa fuente!

Antes de caer de bruces en medio de la fuente, se engancharon entre los hilos de un manojo de globos de colores que un vendedor hinchaba pacientemente con una bombona de gas.

Los primeros transeúntes que llegaron a la fuente para socorrer a los accidentados apenas distinguían un barullo de globos, bicicleta, piernas y brazos. Los más decididos se arremangaron los pantalones y se metieron en el agua.

—¡Pobre señora! —decían unos.

—¡Pobre niño! —decían otros.

—¡Se han matado! —decían los más alarmistas y agoreros.

Pero ante el asombro de todos, Nano y Esmeralda se levantaron tan tranquilos, eso sí, hechos una sopa.

Nano miró a Esmeralda y comenzó a reír.

—¿De qué te ríes? —preguntó Esmeralda.

—Después de este golpetazo, no cabe duda.

—¿Duda? ¿De qué?

—De que estoy despierto, de que eres una bruja de carne y hueso. ¡Ja, ja, ja, ja, ja!

—¡Ja, ja, ja, ja, ja!

Nano y Esmeralda se tronchaban de risa.

Sacaron a Bronifraugstan del agua, la secaron con un trapo viejo y volvieron a montarse.

—¡Agárrate, Nano! —gritó Esmeralda, y volvió a pedalear frenéticamente.

Los transeúntes que se habían aglomerado tuvieron que apartarse de un salto para dejar paso libre a Bronifraugstan, que salió de la plaza como una centella.

—¡Están locos! —comentó alguien.

—¿Y a mí quién me paga los globos? —se quejaba el vendedor de globos.

¡LA CANTIDAD DE VUELTAS que dieron por la ciudad! Eso sí, Nano no volvió a abrir la boca, temeroso de que Esmeralda comenzase a hablar y volviese a olvidar que estaba conduciendo una bicicleta.

De repente se encontraron en una calle llena de coches. Tan llena estaba, que los coches ni siquiera podían andar. Algunos conductores se habían bajado para averiguar el motivo del parón; otros, más impacientes, hacían sonar el claxon como si así fuesen a solucionar el atasco.

—¡Qué lío! —comentó Nano.

—Ha llegado el momento de conectar el motor —dijo Esmeralda.

Dirigió la bicicleta hacia la derecha, hasta llegar a un carril vacío, señalado con grandes letras que decían: «SÓLO BUS». Estiró su brazo y conectó el motor de aspiradora.

—¿Lo sientes, Nano?

—Sí; suena como un avión.

—No; suena como una aspiradora. ¡Ja, ja, ja! ¡Allá vamos!

Comenzó a pedalear y Bronifraugstan partió a toda marcha por el carril de «SÓLO BUS». Estaban a punto de llegar a un cruce cuando un guardia de la circulación les salió al paso.

—¡Un guardia! —gritó Nano.

El guardia levantó el brazo derecho, como indicándoles: «¡deténganse inmediatamente!».

—¡Que nos tragamos al guardia! —volvió a gritar Nano.

El guardia comenzó a tocar el silbato al tiempo que les hacía ostensibles gestos para que se detuviesen.

A veinte metros del guardia, la rueda delantera de Bronifraugstan se despegó del suelo y lo que sucedió después fue tan rápido que nadie pudo reconstruirlo con exactitud.

Parece ser que la rueda trasera de Bronifraugstan rozó la gorra del guardia y éste, del susto, se tragó el silbato. Menos mal que el cordoncillo del silbato se le enganchó entre los dientes y un conductor decidido, a base de tirones, consiguió sacárselo.

—Ya verás qué pronto se nos seca la ropa —comentó Esmeralda, al tiempo que desparramaba polvos mágicos a su alrededor.

MIENTRAS NANO SE PONÍA EL PIJAMA, su madre le preparó un vaso de leche caliente.

—Tómatelo enseguida —le dijo—. ¡No sé qué voy a hacer contigo! ¡Caerse en una fuente!... Ni tu hermano Luisma se cae en una fuente.

Nano agachó la cabeza y se bebió la leche sin rechistar.

—¿Dónde habré puesto yo el termómetro? —continuó la madre—. ¿Notas calor?

—No.

—Y el jarabe se acabó el otro día. Si te duele la garganta, me lo dices y te pongo un supositorio.

—¿Un supositorio? —preguntó Nano extrañado.

—Sí, de los que le recetaron a Rosa la semana pasada. Son muy buenos y han sobrado dos o tres.

Lo que le decía su madre era sencillamente increíble. Si le dolía la garganta, le pondrían un supositorio de los que le habían recetado a Rosa; es decir, un supositorio de adultos. ¿Se habría hecho adulto ya, sin darse cuenta? Iba a decir que le dolía mucho la garganta, pero prefirió indagar un poco más.

—¿Un supositorio de Rosa? —insistió.

—Sí.

—¿De los que en la caja pone adultos?

—Es verdad, no me había dado cuenta. Te pondré sólo medio. ¿Es que te duele la garganta?

—No —respondió desilusionado.

«Cuando por fin llegue a ser adulto, entonces...» Luego Nano recordó unas palabras de Esmeralda: «lo importante es el mientras tanto, te lo asegura una bruja vieja».

Luisma se había sentado frente a Nano y le miraba en silencio, con un gesto que parecía decir: «no se te puede dejar solo».

—¿Sabes tú lo que es el «mientras tanto»? —le preguntó Nano.

Luisma se encogió de hombros.

—Pues el «mientras tanto» —continuó Nano— es lo más importante de la vida.

Luisma se quedó pensativo unos segundos y luego buscó a su madre.

—Mamá, ¿qué es el «mientras tanto»?

—¿El «mientras tanto»?

—Nano dice que es lo más importante de la vida. ¿Es verdad?

—A Nano le voy a dar un cachete que se le van a quitar las ganas de volver a tomarte el pelo.

Luisma volvió junto a Nano, le miró por encima del hombro y dijo:

—Mamá te va a dar un cachete.

Lo que faltaba. Para una vez que intentaba decirle algo importante a su hermano... Así se lo agradecía.

—Tú te lo has buscado —le dijo al cabo de un rato.

—¿El qué? —preguntó Luisma, aún con superioridad.

—No pienso contarte lo que he hecho esta tarde con Esmeralda.

—Esmeralda no existe.

—Claro que existe.

—Me estás tomando el pelo, lo dice mamá.

—¿Por qué te crees que me he caído en la fuente esta tarde?

—¿Por qué?

—Ibamos volando, y de repente... se estropeó el motor.
—¿Sí?
—Menos mal que caímos en la fuente, si no nos hubiésemos matado.
—¿Y qué más?
—¡Nada más! No pienso contártelo.
—Anda, cuéntamelo.
—No.
—Te doy diez cromos de fútbol.
—No.
—Veinte.
—No.

4

CUANDO Nano, a las cinco y tres minutos justos del día siguiente, entraba corriendo en el parque, escuchó un grito a su espalda:

—¡Nano!

Se detuvo en seco y se volvió.

Arancha, fatigada, se había apoyado en el tronco de un árbol.

—No puedo más —dijo con la voz entrecortada por la fatiga.

—¿Qué haces? —le preguntó Nano.

—Te he seguido desde el colegio —prosiguió Arancha—. ¡Qué manera de correr!

—¿Por qué me has seguido?

—Quería decirte... —respiró profundamente un par de veces—. Quería decirte...

—¿Qué? —Nano comenzaba a impacientarse.

—En el recreo me chupé el dedo y lo alcé. Hoy tampoco hace viento.

—Bueno.

—Creí que te interesaba saberlo.

—Pero... ¿qué querías decirme?

—Eso.

—¿Sólo eso?

—Sí. Y también... que si jugamos a los columpios.
—No puedo.
—Antes siempre podías.
—Sí; pero ahora es distinto. Verás... creo que me he hecho un poco adulto.
—¿Adulto?
—Adulto del todo, no; un poco adulto. La gente se hace adulta poco a poco.
—¿Y cuando uno se hace adulto, dejan de gustarle los columpios?
—Sí.
—Pues a mí me siguen gustando.
—Eso es porque tú no te estás haciendo adulta.
—Si somos de la misma edad.

Nano no supo qué responder. ¡Vaya galimatías! Desde luego, a Arancha no le faltaba razón. Si eran de la misma edad, lo más lógico es que se hiciesen adultos al mismo tiempo.

Después de llegar a esa conclusión, se enfureció.

—Te digo una cosa: ¡tú tienes la culpa de todo!
—¿Yo? —Arancha no salía de su asombro.
—Mientras sigas jugando a los columpios, como una niña pequeña, el médico no nos recetará supositorios de adulto.

Nano se dio media vuelta y, dejando a Arancha muy intrigada, se marchó hacia la alameda. Allí Esmeralda, Fermín y Zaca le estaban esperando; ya habían juntado los bancos y colocado el cartón sobre sus rodillas.

—¡Todo está dispuesto! —sentenció Esmeralda a modo de bienvenida.

—¿Para qué?

—Para la revancha —y le guiñó un ojo con picardía.

Nano se sentó. Zaca, tras ensalivarse la yema del pulgar, comenzó a repartir las cartas.

Apenas había terminado de recoger sus cartas cuando Nano recibió la primera patada en las espinillas. Intercambió una mirada cómplice con Esmeralda y con disimulo introdujo una mano bajo el cartón. Enseguida, los agilísimos dedos de Esmeralda le entregaron una carta, que él ocultó entre las demás.

—Tú sales, Nano —dijo Esmeralda, risueña.

Nano iba a echar la carta que había recibido bajo el cartón, pero lo pensó mejor y echó otra. Esmeralda no pudo disimular un gesto de sorpresa.

Esmeralda dio un puñetazo en el cartón al comprobar que habían perdido la jugada. Robaron carta y Fermín inició la segunda ronda.

Nano volvió a sentir una patada en sus espinillas, pero esta vez permaneció inmóvil. A los pocos segundos recibió otra, y luego otra más fuerte; pero no se inmutó.

Esmeralda le miró furiosa cuando perdieron la segunda jugada.

El tiempo que duró la partida, Nano recibió por lo menos veinte patadas en la espinilla y, aunque algunas le dolieron, no volvió a meter su mano bajo el cartón.

Acabó la partida y Fermín recogió rápidamente las cartas ganadas y comenzó a contar.

—Hemos perdido —dijo Esmeralda—. No hace falta que cuentes.

Pero como a Fermín le hacía ilusión, contó todos los tantos, y en efecto, comprobó que habían ganado con holgura. Se puso tan contento que hasta se atrevió a dar unos pasitos de baile sobre el banco, jaleado por su compañero.

Esmeralda cogió a Nano por un brazo y se lo llevó de allí.

—¿Qué has hecho? —le increpó—. ¿Por qué no has querido coger las cartas?

—Porque eso es hacer trampas.

—¡Trampas, trampas!... Bueno, ¿y qué?

—No está bien hacer trampas.

—Si no se dan cuenta.

—Pero no está bien.

—A ellos lo que de verdad les gusta es echar una partida todas las tardes. Ganar o perder... les da igual.

—Pero no está bien —repitió Nano convencido.

—¡Y dale! A ellos sólo les gusta jugar. Y a mí, sin embargo, lo que me gusta es ganar. ¡Ganar! ¿Lo entiendes?

—A todo el mundo le gusta ganar, pero...

—¡No es eso! Quiero decir que yo no soporto perder a las cartas. Tengo que ganar siempre y, si no puedo por las buenas, hago trampas. Así de sencillo. Y si tú no estás dispuesto a hacer trampas, no volveremos a jugar.

¡Buena se había puesto Esmeralda!

Nano estaba sorprendido, pues en ningún momento se le había pasado por la imaginación que pudiese afectarle tanto una simple derrota a la brisca.

—Y si yo no vuelvo a jugar, Fermín y Zaca se aburrirán todas las tardes.

Las palabras de Esmeralda eran un chantaje, un verdadero chantaje. Pero Nano... ¿qué podía hacer? Lo pensó durante unos segundos antes de responder.

—Está bien, haremos trampas.

—Así me gusta, Nano. Fermín y Zaca te lo agradecerán.

—¡Y encima de pitorreo! —se le escapó a Nano.

—¿Pitorreo? —preguntó con guasa Esmeralda—. No conozco esa palabra. Como nací en otro país, ignoro el significado de algunas palabras de tu idioma. ¿Pitorreo? ¿Qué significa, Nano?

—No, nada... Mi madre dice que es una palabra muy fea.

—¡Pitorreo! Parece algo feo, desde luego que sí.

Y DE PRONTO, NANO SE HARTÓ de partidas de cartas, de hacer trampas o no, de palabras muy feas... ¡Ya estaba bien de perder el tiempo! Él lo que quería era volar, volar en Bronifraugstan. Porque al volar sentía algo indescriptible, algo que lo embargaba por completo, algo que lo sacaba de sí mismo y lo transportaba a otro mundo. A un mundo que él reconocía, porque no dejaba de ser el suyo, pero que visto desde lo alto se convertía en algo diferente, único y maravilloso. Y eran tantas las emociones que sentía que no era capaz de expresarlas con palabras. Simplemente se sentía bien, muy bien.

Entre un montón de ramas secas vio el viejo manillar de Bronifraugstan. Corrió hacia ella y apartó las ramas a toda velocidad.

—Veo que estás impaciente —le dijo Esmeralda.

Descubrió toda la bicicleta y luego, cogiéndola por el manillar, la llevó haciendo eses hasta donde esperaba Esmeralda.

—¡Aquí está! —exclamó.

—¿Te gusta?

—Ya lo creo. Es la bicicleta más bonita del mundo.

—Y eso que no la he pintado desde hace varias décadas. Una tarde vamos a comprar un bote de pintura y la vamos a dejar nueva. ¿Sabes pintar?

—No.

—Es muy sencillo. Aprenderás enseguida. Pintar una bicicleta es mucho más fácil que pintar una pared o un techo.

Y sin más complicaciones, Esmeralda inclinó un poco la bicicleta y se acomodó en el sillín. Se colgó el bolso en bandolera e hizo una seña a Nano.

Nano no se hizo esperar.

—¿Qué te parece si damos un paseíto por la ciudad antes de volar?

—¡No! —Nano recordaba la experiencia del día anterior y no quería verse de nuevo en semejantes apuros.

—Estás deseando volar, ¿eh? —comentó Esmeralda accionando el interruptor de la aspiradora.

—Es más seguro.

—Pues... ¡a volar!

—¡A volar!

Bronifraugstan sorteó tres árboles con una pericia escalofriante y cuando enfiló el largo camino del parque que les servía de pista de despegue, ya llevaba una velocidad considerable. En pocos metros tomaron altura, dejando tras de sí una estela de polvos mágicos.

Esmeralda conducía erguida. Los mechones de pelo blanco que las horquillas no conseguían sujetar jugueteaban con el viento. A veces su gran jersey que parecía el arco iris se hinchaba como un globo, y ella le daba manotazos para que saliese el aire.

—Es el inconveniente que tienen los jerséis grandes —comentaba—. Claro, que las ventajas superan los inconvenientes. No soporto la ropa ajustada, me siento prisionera. ¿Y tú, Nano?

—A veces.

—¿Cómo a veces?

—A veces se me queda pequeño un jersey y se lo digo a mi madre, pero ella me contesta que aguante un poco hasta que dé un estirón y me valga uno de los que a Rosa se le han quedado pequeños.

¡Qué sensación tan maravillosa! ¡Y qué silencio! Cuando tomaban altura, ni siquiera se escuchaba el motor de aspiradora de Bronifraugstan. Sólo un ligerísimo zumbido en los oídos, nada más.

—Aquí nadie nos pedirá explicaciones, ¿verdad, Esmeralda?

—Verdad. Sólo podrían hacerlo las golondrinas y los gorriones, pero no hablan.

Y Esmeralda agitó su brazo para saludar a una bandada de golondrinas que, pasados los rigores del invierno, regresaban a sus antiguos nidos.

—Sabes, creo que Luisma, mi hermano, no está seguro.

—Seguro... ¿de qué?

—Yo le conté que había volado en una bicicleta, pero mi madre me regañó y le dijo que Bronifraugstan no existía, que me lo había inventado todo.

—¿Y a quién cree tu hermano?

—Él dice que a mi madre, pero estoy seguro de que me cree a mí.

—Segurísimo.

—¿Lo sabes tú?

—No; pero me lo imagino. Es mucho más divertido creerte a ti.

Nano nunca había sospechado que en su ciudad hubiese tantos tejados, tantas chimeneas y tantas antenas de televisión. Desde lo alto las cosas parecían distintas, más pequeñas. Uno podía creerse que se trataba de una ciudad de juguete y llegar a sentir ganas de alargar el brazo y colocar mejor ese edificio tan inoportuno, o de quitar aquel otro tan feo, o de ensanchar esas callejuelas congestionadas de tráfico, o de crear zonas verdes a manotazo limpio... ¡Todo parecía tan fácil!

De pronto, por la mente de Nano cruzó una idea escalofriante.

—¿Estás segura de que las pilas nunca se acabarán?

—Igor nunca me ha fallado. Es un poco cascarrabias, pero nadie sabe de pilas tanto como él. ¿No me crees?

—Sí, sí —se apresuró a responder Nano.

—He notado cierto... titubeo. ¿Tienes miedo?

—¡Oh, no! Lo que pasa es que... de pronto... pensé que si se acababan las pilas... pues... —al no saber cómo justificarse, cambió de tema—. Entonces... ¿existen los brujos?

—Pues claro.

—¡Ah!

—Si no existiesen los brujos tampoco existirían las brujas; no podríamos reproducirnos.

—Ya.

—Es ley de vida.

—Quieres decir que un brujo y una bruja, pues... se casan y... pueden tener... brujitos.

—Eso mismo. Veo que a los niños de ahora ya les hablan de sexualidad. Eso está muy bien. Fíjate, a los de antes les decían que los niños venían de París. Es que... parecía cosa de brujería. ¡Huy! No debo decir esas cosas.

—Y tú... ¿estás casada?

—No; soy una bruja solterona. Y que conste

que, cuando era algo más joven, tuve varios pretendientes. No es por nada, pero no estaba de mal ver.

Y Esmeralda se sujetó con coquetería un mechón de pelo que le hacía cosquillas en la oreja.

—Ahora... tampoco estás mal —Nano quiso ser galante.

—Sólo algo más vieja. ¿Crees tú que la vejez es horrible?

—No.

—Pues, fíjate, yo llegué a dudarlo; pero hoy lo tengo clarísimo.

—¿Y qué...?

—¡La vejez es fantástica, Nano!

Y Esmeralda, soltándose de manos, dio un respingo sobre el sillín de Bronifraugstan, tan grande, que la bicicleta se tambaleó de un lado a otro.

—¡Cuidado! —gritó Nano.

—¡Fantástica! —repitió Esmeralda—. A pesar del reuma... ¡fantástica!

Esmeralda estaba eufórica y a Nano sólo se le ocurrió, para serenarla de nuevo, preguntarle por el jersey. ¡Y vaya forma de serenarla! Se aferró al manillar y estuvo por lo menos dos minutos sin hablar. Nano la notaba inquieta, nerviosa; por eso trató de rectificar.

—No es que me importe demasiado el jersey...

—La verdad, Nano... pues... esto... —Esmeralda titubeaba—. Quiero decir que... en fin... anoche... después de cenar... para no dormirme...

Nano no entendía nada.

—No te entiendo —dijo.

—Ese es el problema. Yo tampoco lo entiendo. Verás... —y soltándose otra vez de manos, se volvió hacia él—. Para no quedarme dormida, puse la radio. Poco antes de media noche había tejido ya medio jersey completamente liso; pero entonces...

—¿Qué pasó?

—Nada de particular. Sólo que en la radio comenzó un pograma sobre extraterrestres. Y yo... no es que crea en esas fantasías, pero me quedé embelesada escuchándolo y... y...

—¡Cuidado! —gritó Nano, al ver que habían perdido altura y estaban rozando las copas de los árboles de un bulevar.

Esmeralda se volvió, cogió el manillar, pedaleó un par de veces y consiguió recobrar la altura adecuada.

—¡Eso ha sido un vuelo rasante! —comentó en plan de guasa.

—¡Qué susto!

Poco a poco, Esmeralda volvió al tema del jersey y también, poco a poco, volvió a soltarse de manos y volvió a girar la cabeza hacia atrás.

—Era un programa espeluznante. Esos extraterrestres, según decían, vuelan sobre platillos.

—No —rectificó Nano con seguridad—. Ellos vuelan dentro.

—¿Dentro de un platillo?

—Sí.

—No, no; eso es demasiado fantástico. Entiendo que se pueda volar sobre una escoba, sobre una bicicleta y, si me apuras, hasta sobre una alfombra. Pero lo del platillo... eso es impo-

sible. Lo cierto es que, aunque estaba despierta, no me enteraba de lo que estaba haciendo, y la otra mitad del jersey me salió...

Y sin decir más abrió su bolso y sacó un jersey, que era mitad liso y mitad a rayas. A Nano le pareció original, muy original; en algunas tiendas había visto jerséis parecidos; debía de ser la última moda. Se lo iba a decir a Esmeralda, pero ella no le dejó.

—Esta noche lo deshago y te hago uno liso —y de un manotazo lo metió en el bolso.

De pronto, Nano vio ante sus ojos algo que le dejó helado. Era una cosa muy alta y delgada, de ladrillo, con una veleta en la picota del tejado y con unos vanos en la parte superior en los que había... había...

—¡La torre del campanario! —gritó.

Y aunque Esmeralda se volvió a toda prisa, no pudo evitar lo inevitable.

Bronifraugstan, con sus dos pasajeros a bordo, entró disparada por uno de los vanos de la torre y chocó contra la campana mayor que, como su propio nombre indicaba, era la más grande.

El golpe fue tan fenomenal, que la campana mayor dio una vuelta de campana y el oxidado badajo, que llevaba años inmóvil, volvió a golpear la gruesa superficie de bronce.

«¡Tan! ¡Tan! ¡Tan!»

Y fue una casualidad, pero Nano salió despedido hacia la izquierda y Esmeralda hacia la derecha, chocando ambos contra las dos pequeñas campanas que flanqueaban a la grande.

«¡Tan! ¡Tin-ton! ¡Tan! ¡Tin-ton!»

Del golpe quedaron algo mareados. Incluso, en el primer momento, llegaron a pensar que estaban muertos, pues oían una especie de campanas celestiales. Sólo al abrir los ojos comprobaron con asombro que no se trataba, precisamente, de campanas celestiales.

El sacristán de la iglesia, aprovechando la ausencia del párroco, se entretenía tocando el órgano, ya que la música de órgano era su afición preferida. Al oír las campanas, se hizo un barullo con el teclado y los pedales. En vez de un «do-re-mi-fa» le salió un «fa-mi-re-do». Cerró inmediatamente la tapa del órgano, se arremangó la sotana y comenzó a subir por la escalera de caracol del campanario. Pero, como estaba muy gordo, se cansó enseguida y se detuvo para tomar aire.

Nano se levantó y se tocó la frente. ¡Menudo chichón le había salido! Tendió la mano a Esmeralda y la ayudó a levantarse.

—Si no fuese por el reuma...

«¡Qué reuma ni qué ocho cuartos! —pensó Nano—. Si mirase hacia delante, que es hacia donde hay que mirar cuando se conduce una bicicleta, no tendríamos estos percances.»

Junto a la campana mayor, que seguía repicando, estaba Bronifraugstan. Y... ¡era increíble! no había sufrido el más mínimo desperfecto.

—Está hecha con magníficos materiales —comentó Esmeralda, haciendo una flexión de piernas.

Nano sintió pasos por la escalera de caracol.

Se acercó y miró hacia abajo. El jadeo del fatigado sacristán se oía muy próximo.

—Alguien viene —dijo.

—Será mejor que nos vayamos.

—¿Irnos? ¿Cómo?

Esmeralda levantó a Bronifraugstan.

—¡Sube! ¡Rápido!

Sin pensarlo, Nano volvió a la bicicleta. Esmeralda conectó el motor de aspiradora y comenzó a pedalear con todas sus fuerzas. Al salir del vano del campanario, cayeron en picado unos metros; pero, afortunadamente, recobraron la estabilidad y remontaron el vuelo.

Como el parque no estaba lejos de allí, y como Esmeralda no había quedado para muchos trotes, aterrizaron enseguida. Dejaron a Bronifraugstan apoyada en un árbol y se sentaron en un banco. Esmeralda se quedó pensativa.

—¡Ya lo tengo! —gritó al cabo de unos minutos.

Gritó tanto que Nano se asustó.

—¿Qué te sucede?

—¡Ya lo tengo, Nano! Debemos buscar por ahí. Nos será fácil encontrar todo lo necesario: una máquina de escribir, una pantalla de televisión, una estufa vieja...

Nano se levantó del banco.

—Tengo que irme, se me hace tarde.

—Una calculadora, un radiocasete, una batidora... —continuó Esmeralda—. Y no importa que alguno de estos aparatos esté roto. Ya lo arreglaremos nosotros.

—¡Que me voy! —insistió Nano.

—¡Ah! Adiós, hasta mañana. Y no te olvides de mirar por ahí. Todo puede servirnos: un molinillo de café, un juego de extraterrestres...

De regreso a casa, Nano pensó que el golpe contra la campana le había afectado profundamente a Esmeralda. Y si antes estaba chiflada, a partir de ahora se había vuelto loca de remate.

AL LLEGAR A CASA, su madre le pidió explicaciones:

—¿Qué horas son éstas de llegar?
—Se me ha olvidado mirar el reloj.
—¿Dónde has estado?
—En el parque, con Esmeralda.
—¿Con quién?
—Esmeralda es la que me va a hacer el jersey.
—No me gusta que andes con desconocidos.
—Si ella no es una desconocida...
—Yo no la conozco.
—Pero yo sí. Me ha contado toda su vida; bueno, casi toda.
—¿Ah, sí?

Como Nano encontró a su madre con buena disposición, se atrevió a insistir algo más, mientras ella preparaba la cena en la cocina.

—Ya me ha hecho tres veces el jersey, pero siempre se confunde y lo vuelve a deshacer. ¡No veas cómo teje! Los dedos ni se le ven.

—¿Más deprisa que mamá? —preguntó Rosa, que estaba allí.

—Mucho más.
—No me lo creo.
—Y tenías que haber visto cómo hace los ovillos. Con uno estuvimos jugando al fútbol.
—¿Con quién has jugado al fútbol? —preguntó Luisma, que salía en ese momento del servicio, subiéndose los pantalones.
—Con Esmeralda.
—¿La de la bici?
—Sí.
—Ésa no existe.
—Porque tú lo digas.
—¡No empecemos! —cortó la madre.
—Pero... es verdad —insistió Nano—. Esmeralda es una bruja, mamá. Pero es muy buena. Vivía en un país del norte. Como tenía reuma, se ha venido hasta aquí. Dice que el clima nuestro le sienta muy bien.
—¿Es verdad lo que dice Nano? —preguntó Luisma, al ver que su madre permanecía callada.
—Sí. Digo... no. Es verdad que este clima sienta bien para el reuma. Pero las brujas no existen.
—¡Vaya que no! —exclamó Nano con seguridad.
—¿Y hoy también has volado en esa bicicleta? —Luisma siguió haciendo indagaciones.
—Sí.
—¿Y qué ha pasado?
—Hemos tenido un accidente.
—¿Muy grave?
—Sí... o no. Me hice este chichón.

—¡A ver! —la madre le examinó el chichón con detalle—. ¡Vaya golpe! Un día te vas a matar, Nano. Eres un bruto. ¿Por qué no juegas a cosas más tranquilas?

—Es que íbamos volando y Esmeralda no vio que...

—¡Ya basta, Nano!

—Ella me estaba explicando lo del jersey cuando...

—¡He dicho que basta! —repitió la madre, autoritaria y severa.

—Cuéntamelo a mí, Nano —Luisma no estaba dispuesto a perderse lo sucedido.

—¡No! —intervino la madre—. Si quieres aprender cuentos, los lees.

—Es que a mí me gustan más los de Nano.

—¡Esto es el colmo! —gritó la madre, al ver que el aceite de la sartén se estaba quemando y aún no había rebozado el pescado.

Nano no sabía si el colmo era él o era el aceite que había comenzado a echar humo aparatosamente. Pero el tono de su madre era inconfundible; por eso, sin añadir una palabra más, salió de la cocina.

Rosa, después de pensarlo un rato, preguntó a su madre:

—¿Es verdad que una señora le está haciendo un jersey a Nano?

—¡No digas tonterías y dame la sal!

Luisma siguió a Nano hasta el comedor.

—¿Cómo ha sido el accidente?

—Nos hemos chocado contra una torre.

—¿Y no os habéis matado?

87

—¿Es que no ves que estoy vivo?
—Es verdad.

TOMÓ LA SOPA EN SILENCIO y, mientras quitaba las espinas al pescado, volvió a sacar el tema, esta vez dirigiéndose a su padre:

—¿Te acuerdas de la viejecita de la que te hablé el otro día?

—¿Viejecita? ¿Qué viejecita?

—El otro día, cuando desayunábamos. Una que tiraba penaltis con ovillos de lana.

—¡Nano! —simplemente su nombre, pronunciado en un tono determinado, era suficiente para desistir.

No obstante, Nano aprovechó la ocasión para quejarse del pescado:

—No me gusta.

—Hay que comer de todo.

—Tiene espinas.

—Las apartas.

—Pero a Luisma le pones los trozos que no tienen espinas.

—Porque es pequeño.

—Y a Rosa le haces un huevo frito.

—Porque le sienta mal el pescado.

—Y a mí, sin embargo...

—¡Nano!

Y esta vez desistió por completo. La situación aconsejaba comer y callar, y marcharse a la cama cuanto antes.

TARDÓ ALGO MÁS DE LO NORMAL en dormirse. Sin duda las fuertes impresiones del día lo habían alterado. Y menos mal que tardó en dormirse, porque desde la cama escuchó un breve diálogo que mantuvieron sus padres, un diálogo que le hizo feliz, muy feliz:

—¿Has oído las campanas esta tarde? —preguntó la madre.

—Sí; estaba en la oficina, a punto de cerrar un balance, cuando comenzaron a sonar. Me confundí y tuve que repetirlo.

—Hace años que no sonaban.

—Ya lo creo.

—Ni me acordaba de su sonido.

—Deberían tocarlas más a menudo.

En la cama, Nano cruzaba los dedos. Pues sí, sólo le faltaba eso, que sonasen las campanas a menudo. Y su cabeza... ¿qué? Se le llenaría de chichones sin remedio. ¡Con lo que duelen!...

5

Aquella noche Nano tuvo un sueño maravilloso lleno de campanas.

«¡Tan! ¡Tin-ton! ¡Tan! ¡Tin-ton!»

Se encontraba en el parque, con Esmeralda; pero también estaban sus padres, Rosa, Luisma, Arancha, Fermín y Zaca. Todos juntos lo pasaban de rechupete jugando un partido de fútbol con un ovillo de lana. Esmeralda y él eran los capitanes. Para elegir a su equipo se ponían uno frente a otro separados unos metros y luego iban avanzando poco a poco, o mejor dicho, pie a pie, hasta encontrarse. Al que no le quedaba sitio para meter el pie ganaba y elegía jugadores en primer lugar; pero antes tenía que decir: «monta y cabe», y hacer una línea en el suelo entre los dos pies con el borde del zapato.

SE LEVANTÓ MÁS RISUEÑO que nunca.

—¿De qué te ríes? —le preguntó Luisma en el cuarto de baño.

—¿Yo? No me estoy riendo.
—¡Que no...!

Sólo cuando se sentó a la mesa para desayunar se dio cuenta de que aquella noche había soñado una barbaridad, por eso trató rápidamente de recordar lo que había soñado y lo que no.

—Nosotros no hemos jugado ningún partido de fútbol ayer, ¿verdad?

—¿Quiénes? —preguntó el padre distraído, mientras mojaba una galleta en el café con leche.

—Mamá y tú, Rosa y Luisma, y yo... Y Esmeralda, y Fermín y Zaca...

Luisma casi se atraganta al beber la leche. ¿Qué estaba diciendo su hermano? ¿Acaso iba a seguir con lo del accidente del día anterior?

—Pues claro que no —respondió el padre.

—Yo tampoco —ratificó Luisma.

—No sé cómo te las arreglas —intervino la madre—. En cuanto te sientas a la mesa, empiezas a decir tonterías.

—No son tonterías. Es que... lo he soñado.

—¡Ah, bueno! —respiró al fin tranquilo Luisma—. Y yo he soñado que estaba en la selva, y un león muy grande...

—¿Queréis desayunar de una vez? —los cortó el padre.

Nano estiró el brazo y cogió un par de galletas. A una le untó mantequilla y a la otra mermelada. Luego, las juntó y las mojó en la leche.

—¿Sonaron ayer por la tarde las campanas de la iglesia? —preguntó.

—Sí —respondió el padre.

—Entonces eso no lo he soñado. ¿Sabes que las hice sonar yo?

—¿Tú?

—Bueno, Esmeralda y yo.

Luisma agachó la cabeza y se concentró en su tazón de leche. ¡Buf! Su hermano era un inconsciente. ¿A quién se le ocurría insistir en una cosa semejante, y más sabiendo que la situación no era precisamente favorable? «La que se va a organizar», pensó.

—¡No habrás hecho alguna jaimitada! —rugió el padre, que se temía lo peor.

—Es que... —se justificó inmediatamente Nano— íbamos volando sobre Bronifraugstan. Perdimos altura sin darnos cuenta y además Esmeralda se volvió hacia mí... Por eso no vio el campanario.

El padre arrugó la frente de una forma muy rara y se quedó mirando a Nano, entre pensativo y misericorde. Y de pronto...

—¡Desayuna y calla! —gritó.

Nano sacó las galletas del tazón, pero cuando se las iba a llevar a la boca, se partieron y un trozo, el más grande, cayó en el centro del tazón. E hizo «plaf», como las piedras que tiraba al estanque del parque. Y cuando iba a observar si se formaban ondas concéntricas, unas manos lo levantaron bruscamente de la silla.

—Ya te has salpicado la camisa limpia. ¡Esto es el colmo!

Y mientras se cambiaba de camisa pensaba si el «colmo» era él, o simplemente el acto de mancharse la camisa limpia.

Cuando volvió a sentarse a la mesa, ya sólo quedaba Rosa, la más lenta comiendo.

—¿Es verdad que una viejecita te está tejiendo un jersey? —le preguntó.

—Se llama Esmeralda —respondió en voz baja.

—¿Y cómo es el jersey?

—Completamente liso. O no. Depende. A lo mejor es de colores como el arco iris.

—¡Qué bonito!

—No te lo puedes ni imaginar.

Y Nano se bebió el tazón de leche de un sorbo.

MENOS MAL QUE LA PRIMAVERA había afectado considerablemente al profesor de «naturales». Les daba clase por las tardes, en esa hora tan mala de la siesta, cuando el cuerpo se relaja peligrosamente en el pupitre y la mente se «escapa» por las ventanas entreabiertas del aula y recorre los lugares más sorprendentes e insospechados.

—¡La primavera...! —suspiraba de vez en cuando el profesor, entre explicación y explicación—. Los días se alargan, los campos reverdecen, las flores se abren, las campanas repican... Por cierto, ¿oyó alguien las campanas de la iglesia ayer por la tarde?

Casi todos los niños levantaron el brazo. Nano sonrió satisfecho.

—¿De qué te ríes, Nano? —preguntó el profesor.

—Es que fui yo quien las... «tocó».

—¿Tú?

—Iba volando en una bicicleta con una bruja amiga mía, y nos chocamos contra el campanario sin darnos cuenta. Por eso me ha salido este chichón.

Todos los niños se empezaron a reír. El profesor tuvo que acallar el escándalo rápidamente. Luego movió la cabeza de un lado a otro y volvió a suspirar:

—¡Ay, la primavera!

IBA A ECHAR A CORRER como todos los días, pero recordó los objetos que Esmeralda había comenzado a enumerarle la tarde anterior y prefirió ir andando. Así tendría tiempo para pensar un poco. Una máquina de escribir, una estufa, un radiocasete, una televisión, un molinillo de café... Instintivamente comenzó a mirar a un sitio y a otro, como si en cualquier esquina fuese a aparecer alguno de esos objetos. Pero... ¿para qué necesitaría Esmeralda tanto cachivache?

En una ocasión, viendo que no venía nadie por la calle, se atrevió a mirar dentro de una papelera y le llamó la atención un objeto que brillaba en el fondo. Sin pensarlo dos veces, introdujo el brazo y lo sacó. Era una vieja maquinilla de afeitar eléctrica. «¿Le servirá a Esmeralda?», fue lo primero que pensó.

Más adelante también pensó que Esmeralda tenía razón y que si uno anda mirando por ahí, se encuentra cosas. Aunque... ¡vaya cosas! Aquella maquinilla debía de tener más años que él, estaba toda rajada y algunos cables los tenía sueltos.

Con ella en la mano llegó al parque.

—Te he venido observando —le dijo Arancha, que de una carrerita lo alcanzó.

—¿Y qué has visto?

—Que metías la mano en una papelera y sacabas algo. Eso que llevas en la mano —y señaló la maquinilla de afeitar.

—Es una maquinilla de afeitar.

—¿Y para qué la quieres?

—Pues... para afeitarme. ¿Para qué va a ser si no?

—Tú no tienes barba.

—Ya me saldrá. Esperaré hasta que me salga.

—Tardará mucho.

—No creas. Cuando me convierta en adulto, me saldrá barba.

—¿Y te pondrás los supositorios?

—Los supositorios sólo cuando esté enfermo.

—¡Ah! ¿Jugamos a algo?

Arancha, prudentemente, no quiso mencionar los columpios.

—No puedo.

—Bueno.

Arancha se encogió de hombros y cuando iba a echar a correr, una pregunta de Nano la detuvo.

—¿Oíste ayer las campanas de la iglesia?

—Sí, ¿por qué?
—Por nada.
—Pues adiós.
—Adiós.
Y Arancha se marchó corriendo.

FERMÍN Y ZACA estaban solos en el banco. Nano les preguntó:
—¿Y Esmeralda?
Fermín y Zaca no sabían dónde estaba Esmeralda, ni siquiera la habían visto.
Nano recorrió la alameda infructuosamente. De pronto, tuvo una idea. Se chupó el dedo índice y lo levantó. Inmediatamente echó a correr hacia la caseta de los jardineros. Antes de llegar, escuchó un sonido familiar.
«¡Iggg-graaaaaggggg!»
Tras la caseta, en el banco roto, estaba Esmeralda. Con la boca abierta, roncando plácidamente al sol. Al lado de Bronifraugstan había un saco de tamaño considerable y, no cabía duda, estaba lleno. Se acercó sigilosamente hacia el saco y cuando alargó un brazo para abrir la embocadura y ver lo que había dentro...
—¡Haaaaas tardado! —dijo Esmeralda bostezando.
—Es que... he venido mirando por ahí, como me dijiste.
—¿Y qué has encontrado?

—Esto —y le enseñó la maquinilla de afeitar.

—¡Una maquinilla de afeitar! —saltó de júbilo Esmeralda—. ¡Justo lo que necesitamos!

Esmeralda se levantó del banco a toda prisa y se dirigió al saco.

—¿Para qué necesitamos una maquinilla de afeitar? —preguntó Nano.

—Para el radar.

Y sin decir más, Esmeralda comenzó a sacar cosas del saco: una televisión, una máquina de escribir, una estufa vieja, una calculadora, un radiocasete, cables, enchufes, bombillas...

Nano estaba boquiabierto. Esmeralda aún seguía rebuscando en el fondo del saco.

—¿Falta algo? —preguntó.

—¡Ah! ¡Aquí está! —y Esmeralda sacó uno de esos juegos de naves espaciales y extraterrestres.

Ni que decir tiene que todos los aparatos que había sacado Esmeralda del saco estaban estropeados o rotos y eran muy viejos y anticuados.

—¿Dónde los has encontrado? —volvió a preguntar Nano.

—La gente compra demasiados cacharros. Enseguida se cansan de ellos y los tiran para comprarse otros. ¡Qué absurdos sois los hombres!

—¿Los hombres? —preguntó Nano, que no comprendía muy bien lo que Esmeralda le decía.

—Sí, los hombres; las brujas sólo compramos cosas útiles, necesarias...

—Pero... —Nano se atrevió, por fin, a hacer la pregunta clave—. ¿Qué vamos a hacer con todo esto?

—Un piloto automático —respondió Esme-

ralda como si fuera la cosa más normal del mundo.
—¿Qué?
—Un piloto automático para Bronifraugstan.
—¿Como el de los aviones?
—Parecido.
—Eso es imposible.
—Sólo hay que construir un ordenador y un radar. Así de sencillo. Tenemos todas las piezas necesarias.
—¿Estás segura?
—Claro que estoy segura. Entiendo mucho de ordenadores. ¿No me crees?
—Sí, pero me sorprende. Yo creía que las brujas...
—¡Tonterías! ¿Acaso crees que las brujas no progresamos? Tenías que ver el ordenador de Igor.
—¿Cómo es?
—¡Fantástico! Sencillamente... ¡fantástico! Y lo construyó él solo.
—¿Sí?
—Es que no hay nadie en el mundo que entienda tanto de ordenadores como Igor. Él fue mi maestro, me enseñó todos los trucos de los ordenadores.
—¿Tienen truco los ordenadores?
—Sí; bueno... no. Lo que pasa es que nosotros, donde no llega la ciencia, aplicamos simplemente la brujería.
—¿Y funcionan igual?
—Pues si me apuras, mejor, mucho mejor. Pero dejemos de hablar y pasemos a la acción.

—¿Qué puedo hacer yo?

—Serás mi ayudante. Me irás dando las cosas que te pida.

—De acuerdo.

Desparramaron aquellos artilugios por el banco y colocaron a Bronifraugstan detrás, bien apoyada en el respaldo. Esmeralda se arremangó el jersey y comenzó a pedir cosas a su ayudante, con un tono parecido al que los médicos emplean en el quirófano.

—Televisión.

—¡Cómo pesa! —se quejó el ayudante.

Sólo utilizaremos la pantalla, todo lo demás... ¡fuera!

Y de un tirón, Esmeralda arrancó la carcasa del televisor y un montón de piezas más.

—Máquina de escribir.

—¡Ahí va!

Colocaron la máquina de escribir sobre el manillar de Bronifraugstan y encima de la máquina pusieron la pantalla de televisión. Las sujetaron firmemente con tornillos y abrazaderas y conectaron una serie de cables de diversos colores. Sobre la pantalla pusieron una bombilla.

—Esta bombilla —dijo Esmeralda— nos indicará cuándo está en funcionamiento el ordenador.

—¡Ah!

—Radiocasete —continuó.

—Aquí está.

—Calculadora.

—¿Para qué necesitamos una calculadora?

—De ella sacaremos la memoria. Un ordenador tiene que tener memoria.

Nano se encogió de hombros.

—Aquí está la memoria, digo... la calculadora.

Como si aquellos objetos hubiesen sido diseñados por un experto para ser ensamblados entre sí, Esmeralda fue conformando su peculiar ordenador con una destreza increíble. Parecía haber trabajado toda la vida entre alicates, destornilladores y otras herramientas similares.

—Juego de naves espaciales y extraterrestres.

—Enseguida.

—De aquí sacaremos el «cerebro» del ordenador.

En unos segundos destripó con un destornillador el juego de naves espaciales y extraterrestres y sacó una especie de tarjeta rígida llena de hilitos.

—¡Aquí está! —gritó entusiasmada—. Le echaré unos cuantos polvos mágicos para que funcione mejor.

Nano pensó que lo de los polvos mágicos no debería valer. Así cualquiera. Seguro que los fabricantes de ordenadores no poseen polvos mágicos. Pero lo pensó mejor y llegó a la conclusión de que cuantas más precauciones tomasen, mejor. Que luego pasaban cosas que no deberían pasar, como estrellarse contra el campanario.

Esmeralda se sacudió las manos y, llevándoselas a los riñones, se incorporó un poco.

—El ordenador está terminado, Nano. ¿Qué te parece?

—¿Funcionará?

—Aprieta la tecla de la «F». Si se enciende la bombilla, no cabe duda, funciona.

Nano apretó la tecla de la «F» y la bombilla se encendió. Y sin darse cuenta, dio un gran salto de alegría.

—¡Yupiiiii! —gritó.

Esmeralda le cogió las manos y los dos comenzaron a bailar alrededor de Bronifraugstan. Incluso improvisaron una cancioncilla:

> *Bronifraugstan es la bici*
> *más difícil.*
> *Con Esmeralda*
> *siempre anda.*
>
> *Adelante, atrás,*
> *arriba, abajo.*
> *¡Ziummm, plisss, trasss!*
> *¡Qué golpetazo!*
>
> *Suena como una aspiradora*
> *voladora.*
> *Por encima de las nubes*
> *en un periquete sube.*
>
> *Adelante, atrás,*
> *arriba, abajo.*
> *¡Ziummm, plisss, trasss!*
> *¡Qué golpetazo!*
>
> *Para que vuele mejor*
> *le hemos puesto ordenador*
> *y un radar extraordinario*
> *para esquivar campanarios.*

Adelante, atrás,
arriba, abajo.
¡Ziummm, plisss, trasss!
¡Qué golpetazo!

—¡Basta! ¡Basta! —dijo entre risas Esmeralda—. Si sigo bailando, mañana tendré agujetas. Y las agujetas con reuma se soportan muy mal.

Nano apartó los cacharros que aún quedaban en el banco, y se sentaron un momento.

—¿Cuándo probamos el piloto automático?

A Nano siempre le pasaba lo mismo. Por un lado dudaba que pudiese funcionar un piloto automático en una bicicleta. Y por otro lado se entusiasmaba tanto con las ideas de Esmeralda, que estaba impaciente por llevarlas a cabo, aunque pudiesen resultar peligrosas.

—Falta el radar —respondió Esmeralda.

—¿Es imprescindible el radar?

—Naturalmente.

Esmeralda se levantó del banco y cogió la vieja estufa eléctrica con pantalla circular.

—¿Se puede hacer un radar con una estufa?

—Le quitaremos la resistencia y en su lugar pondremos la maquinilla de afeitar que tú encontraste. Ella emitirá la señal. Y como tendremos que hacerla funcionar a más velocidad de lo normal, reforzaremos su motor con el de este molinillo de café.

Una vez que el radar estuvo terminado, lo situaron sobre la rueda delantera, justamente delante del ordenador.

—¿Sabes tú cómo vuelan los murciélagos? —le preguntó Esmeralda.

—Sí.

—Desde ahora Bronifraugstan volará como los murciélagos.

Después de empalmar un montón de cables, Esmeralda dio un último apretón a un tornillo que andaba suelto. Después, llevándose las manos a los riñones, se incorporó por completo.

—¡Ay! Si yo pudiese instalar un ordenador a mi esqueleto... —suspiró.

Nano contempló un rato el nuevo aspecto de Bronifraugstan. No estaba mal. En parte, perdía ese aire de vejestorio y cobraba una apariencia que no sabía cómo definir, porque nunca antes había visto algo que se le pareciese. Era... era...

—¿Qué te parece? —le preguntó Esmeralda.

Era... era...

—Algo rara —respondió Nano.

—Eso es porque está un poco oxidada; pero con una mano de pintura quedará... ¡deslumbrante!

—Tal vez.

—¿Lo dudas?

—No.

—Ahora vuelve a apretar la tecla de la «F». Si la bombilla se enciende, significará que todo funciona a la perfección.

Nano pulsó la tecla y la bombilla no se encendió.

—No funciona —dijo Nano, en tono un poco guasón.

Esmeralda se quedó perpleja, sin duda esperaba cualquier cosa excepto eso. ¿Qué fallo había cometido? Iba a comenzar a revisar todo, cuando tuvo una idea. Desenroscó la bombilla y la miró al trasluz.

—¡Estaba segura! —respondió tranquila.

—Segura... ¿de qué?

—De que no había cometido ningún error. Lo único que pasa es que esta bombilla se ha fundido.

Colocó una bombilla nueva y, para que no volviese a suceder lo mismo, instaló al lado un reloj-despertador, de manera que si la bombilla se volvía a fundir el reloj-despertador comenzaría a sonar.

Después de este pequeño arreglo, Nano volvió a pulsar la tecla y la nueva bombilla se encendió.

Apresuradamente, Esmeralda comenzó a recoger los utensilios que no había necesitado y los fue introduciendo en el saco.

—Los dejaremos en una papelera. Tal vez alguien pueda aprovecharlos.

Como Nano ayudó a Esmeralda a recoger, acabaron enseguida. Dejaron el saco y volvieron junto a Bronifraugstan. Y ya iban a montarse en la bicicleta cuando ocurrió algo imprevisto. Esmeralda, como siempre, se colocó el bolso en bandolera, pero no se dio cuenta de que estaba abierto y algo salió disparado, algo que era...

—¡El jersey! —exclamó Nano al verlo.

Esmeralda bajó la cabeza.

Nano lo recogió del suelo y se quedó mirándolo. No, no estaba mal. Era uno de los jerséis más originales que había visto en su vida. Y estaba tan bien hecho que ninguno de sus amigos podría reírse de él. Cuando iba a decírselo a Esmeralda, ella se lo arrebató de las manos y lo volvió a meter en su bolso.

—Son los años, Nano —dijo a modo de disculpa—. Si fuese algo más joven, seguro que no me pasaban estas cosas. Pero no te preocupes, esta noche sin falta lo deshago y...

—No hace falta —le cortó Nano.

—Lo deshago, vaya si lo deshago. Estaría bueno... Tú quieres un jersey completamente liso y yo te haré un jersey completamente liso.

—Pero si éste es bonito.

—No quiero cumplidos.

—No es un cumplido.

—Tú mismo dijiste que tus amigos se reirían de ti si llevases un jersey de colorines. Así que... no hay más que hablar: lo deshago.

Era inútil insistir. Cuando Esmeralda se ponía así, no había forma de convencerla.

—Pero con una condición —aceptó al fin Nano.

—¿Qué condición?

—Mañana me lo llevo, te salga como te salga.

Esmeralda lo pensó un poco.

—Acepto —respondió—. Seguro que mañana me sale completamente liso. Hoy, ya ves, todo el delantero y toda la espalda son lisos; pero con las mangas no sé qué pudo pasarme. Tal vez me dormí sin darme cuenta. Esta noche pondré mis cinco sentidos en el jersey.

Y ya iban a volver a montar sobre Bronifraugstan cuando ocurrió algo peor, algo muchísimo peor.

Nano, al ver el reloj-despertador junto a la bombilla, instintivamente, se miró la muñeca izquierda, donde llevaba su moderno reloj digital, el que le regalaron el día de su cumple.

—¡Puf! —exclamó.

—¿Qué sucede? —preguntó Esmeralda.

—¡Es tardísimo! Tengo que irme, si no...

—¿Quieres que te lleve en Bronifraugstan? Tardaremos poquísimo en llegar.

—¡No! —contestó Nano—. Iré corriendo.

—Pues no pierdas ni un segundo —le animó Esmeralda—. No quiero que tus padres te regañen por mi culpa.

—Antes, prométeme una cosa.

—¿Qué?

—Que no usarás el piloto automático hasta mañana.

—Palabra de bruja.

Y Nano echó a correr. A unos veinte metros se volvió.

—¡Adiós, Esmeralda! —gritó—. Y gracias por esperar hasta mañana.

—¡Adiós, Nano!

Luego Esmeralda se quedó mirando fijamente a Bronifraugstan. Introdujo una mano en el bolsillo de su vestido y la sacó llena de polvos mágicos. Los dejó caer sobre el piloto automático.

—Los polvos mágicos nunca me han fallado —y guiñó un ojo a la bicicleta.

6

Nano se despertó pronto, un poco antes de lo habitual. Se levantó en silencio y se acercó a la cama de Luisma.

—¡Eh! ¡Luisma!

Pero Luisma, si no en el mejor, se encontraba sumido en un buen sueño.

—¡Luisma! —insistió Nano—. ¡Despierta!

Luisma emitió una especie de gruñido y se dio media vuelta. ¡Vaya! Para una vez que tenía ganas de hablar con su hermano... De pronto, Nano tuvo una idea.

—Si no te despiertas ahora mismo, no te contaré cómo volamos ayer por la tarde por encima del tejado de casa —dijo.

Al momento, Luisma abrió los ojos y se sentó en la cama.

—¿De nuestra casa?

—Sí.

—¿Cómo volasteis?

—Pues... —Nano estaba pensando en la trola que iba a contarle a su hermano—. Pues... pasamos rozando; la rueda trasera de la bicicleta arrancó dos tejas.

Luisma se frotó los ojos y recapacitó un momento.

—Encima de nuestra casa no hay tejas. Lo que hay es una azotea. Algunas veces he subido con mamá para tender la ropa. ¡Me estás engañando!

—No; lo que ocurre es que desde arriba no se distinguen bien las cosas.

—¡Mentira!

—Es verdad. Recuerdo que, al pasar, vi tu pijama tendido en una de las cuerdas.

—¿Mi pijama?

—Sí.

—¿Cuál de ellos?

Nano volvía a estar en un apuro. Su hermano llevaba puesto el pijama azul marino con ribetes rojos. Y por lo menos tenía cuatro o cinco más.

—Pues... —no tenía más remedio que decir uno al azar—. El amarillo.

Luisma le miró de arriba abajo.

—Es verdad —dijo—. Estaba con mamá cuando lo tendió.

Nano respiró tranquilo.

La puerta de la habitación se abrió de par en par. Entró la madre y tiró de la cinta de la persiana hasta enrollarla por completo.

—Buenos días, madrugadores —y les dio un beso.

—Sabes una cosa —dijo Luisma—, Nano pasó ayer por encima de nuestra casa. ¡Volando, mamá, volando!

La madre se acercó a Nano, quien agachó la

cabeza; iba a regañarle severamente, pero debió de contar hasta cinco y lo pensó mejor.

Hizo un gesto de esos que quieren decir: «¿Qué hago yo con este chico?», y se fue a la cocina.

—¡Eres un bocazas! —acusó Nano a su hermano.

—¡Y tú un mentiroso! —se defendió Luisma.

EN LA PUERTA DEL CUARTO DE BAÑO se encontró con Rosa.

—Está ocupado —le dijo ella—. Papá no ha terminado de afeitarse.

—Pues no me puedo aguantar.

—Yo he llegado antes.

—Si no tardo nada.

—¡No y no! ¡Entraré yo primero!

—Pues no te dejaré el jersey que me están haciendo.

—¿Quién?

—Esmeralda.

—¿La viejecita del parque?

—Sí, ella.

—Eso son fantasías tuyas.

—Esta tarde lo verás.

—Mamá dice que tienes mucha imaginación y que, si sigues así, te llevará al médico.

—¿Dice eso mamá?

—Yo la he oído.

—Me extraña, porque ella conoce también a Esmeralda.

De pronto, a Nano se le había ocurrido un plan para entrar antes que su hermana en el cuarto de baño.

—No la conoce.

—Pregúntaselo y te convencerás.

Rosa se fue a la cocina en busca de su madre. Justamente en ese momento se abrió la puerta del cuarto de baño y salió el padre.

—Buenos días, Nano.

—Buenos días, papá.

—¿Por qué corres tanto?

—¡Porque necesito pasar!

ALGO RARO NOTÓ NANO al sentarse a la mesa para desayunar. ¡Y no se equivocó!

—Díselo tú —dijo de pronto la madre, dirigiéndose al padre.

El padre casi se atraganta con una tostada, tuvo que aclararse la voz varias veces.

—Nano... —dijo por fin el padre—, verás..., ahora que estamos todos juntos... No es que sea un asunto muy importante, pero... conviene, a medida que te vas haciendo mayor... Yo no es que vaya a decirte que tener una imaginación desbordante sea malo; pero puede ocurrir que... a veces... En fin, hay que tener los pies sobre la tierra. ¿Me has entendido?

—No muy bien —contestó Nano.

—Lo que ocurre es que estamos hartos de tus fantasías —continuó la madre—. Más vale que pienses en estudiar. Y sobre todo, ¡deja en paz a tu hermano! ¿Me has entendido?

—Ahora sí.

Sin duda el mensaje de su madre era más claro y contundente. Pero... los dos estaban equivocados. No era cuestión de tener más o menos imaginación, o más o menos fantasía. ¡Qué va! Esmeralda era una bruja de carne y hueso, y Bronifraugstan era una bicicleta de... de... Bueno, no sabía de qué material estaba hecha, pero pesaba bastante.

—Es que Esmeralda... —se aventuró a insinuar.

—¡Esmeralda no existe! —sentenció el padre, adoptando el tono de la madre—. ¡Y no se hable más del asunto!

«¿Cómo no va a existir Esmeralda? —pensó Nano—. Podría aportar pruebas. Pero... ¿qué pruebas? ¿Por qué Esmeralda echa siempre esos polvos mágicos para que no nos vean? ¡Qué fastidio! Sin polvos mágicos toda la ciudad conocería la verdad. Si al menos tuviese el jersey..., pero ni eso. ¿Ni eso?»

De pronto encontró una prueba.

—¡Arancha! —gritó.

El padre se asustó y volvió a atragantarse con la tostada.

—¿Qué pasa con Arancha? —preguntó la madre.

—Ella es mi prueba.

—¿Tu prueba?

111

—Ella conoce también a Esmeralda. Bueno, no la conoce; pero la ha visto. Sabe que tiene una bicicleta, aunque ignora que puede volar.

—Ya hablaré yo con Arancha. Le habrás llenado la cabeza de pájaros, como a tu hermano.

¡Llenar la cabeza de pájaros! Qué cosas tan raras decía su madre.

SE FUE AL COLEGIO. Por el camino estuvo pensando: «¿Y si mis padres tienen razón? Porque, es innegable; lo de Esmeralda y Bronifraugstan parece increíble. Vamos, yo mismo no me lo hubiese creído de no ser... de no ser... Pues eso, que tengo un chichón en la frente del golpe que nos dimos contra las campanas. ¿Y si lo hubiese soñado todo? A lo mejor me caí de la cama sin darme cuenta y me di un golpe con la mesilla».

Y de pronto una tristeza muy grande comenzó a apoderarse de Nano.

Reconoció que toda su aventura con Esmeralda era demasiado disparatada para ser real. Una serie de detalles comenzaron a apelotonársele en la cabeza. ¿Por qué Esmeralda nunca le daba el jersey? La única explicación razonable era que no se lo daba porque no existía. Tal vez había soñado con aquella viejecita que dormía en el parque con la boca abierta y, sin darse cuenta, la había convertido en una bruja fantástica. ¿Por qué ese empeño en volar sin que nadie los viese? A él le gustaría ser visto, que sus padres, y Rosa, y Luisma, y Arancha..., y todos le viesen. Y salir en los periódicos, en la radio y en la televisión. Era lo más lógico y natural. Pero el telediario no había dicho ni una sola palabra sobre el asunto.

Y ya puestos a ser incrédulos, ¿qué mejor prueba que la del piloto automático? ¡Un piloto automático en una bicicleta!

«Es que, si se lo digo a Julio, me llama de todo», pensó Nano.

No obstante, al llegar al colegio buscó a Julio. El padre de Julio era piloto de líneas aéreas.

—Oye, Julio. ¿Te ha hablado tu padre alguna vez de los pilotos automáticos?

—Sí —respondió Julio—. El avión de mi padre tiene piloto automático.

—¿Y cómo es?

—Pues es... es... es...

Y sonó el timbre de entrada antes de que Julio pudiese explicar a Nano cómo era.

Aunque lo intentó en varias ocasiones, no pudo apartar de su cabeza durante las clases una terrible pregunta: «¿Existirá Esmeralda o me la habré inventado yo?».

Por la tarde, de tanto pensar, estaba completamente aturdido. Y para colmo, el profesor de «naturales» le sacó a la pizarra.

—Como estamos en primavera, seguro que la lección de hoy te la sabes perfectamente. Háblanos de los árboles de hoja caduca.

—¿Caduca? —preguntó Nano, como si no hubiese entendido bien.

—Caduca —repitió el profesor.

Y a Nano le sonaba bastante lo de la hoja caduca, que la tarde anterior había estado estudiándolo; pero... pero...

—No lo sabes —gruñó el profesor—. Nano, te pasas el día en las nubes. Y a las alturas del curso en que estamos, va siendo hora de que bajes a la realidad.

Nano regresó a su pupitre abochornado. ¿Sería posible? El profesor confirmaba las palabras de sus padres, por tanto las posibilidades de que Esmeralda fuese un sueño aumentaban considerablemente.

El timbre de las cinco le puso muy nervioso —y era la primera vez que se ponía nervioso al oír el timbre de salida—. Nano comprendió que en unos minutos aclararía al fin sus dudas, y esta posibilidad de descubrir la verdad era lo que le inquietaba más.

CAMINÓ MUY DESPACIO hasta el parque, intentando retrasar el momento. Cuando llegó, Arancha le estaba esperando en un banco.

—Hoy llegas tarde —le dijo ella.

—Arancha, necesito que me digas urgentemente una cosa.

Arancha se puso de pie al momento, no era para menos.

—¿Qué cosa?

—¿Existe la viejecita de la bicicleta?

—¿La del jersey como el arco iris?
—Sí.
—Pues claro que existe. Me dijiste el otro día que casi te atropella.
—¡Menos mal! —suspiró Nano.
—¿Por qué dices «menos mal»?
—Verás, tengo que contarte una cosa, pero prométeme que no se lo dirás a nadie más. Bueno, sólo a mi madre si te lo pregunta.
—Prometido —se apresuró a responder Arancha, que estaba impaciente por conocer aquella revelación.
—Esa viejecita se llama Esmeralda y es una bruja. La bicicleta se llama Bronifraugstán y, como es mágica, vuela. Le hemos puesto un motor y un piloto automático para...
—¡Me voy a los columpios! —le cortó Arancha en seco.
—¿Qué ocurre? —insistió Nano—. ¿Por qué no quieres escucharme?
—Porque, aunque me chupe el dedo para saber por dónde viene el aire, no soy tonta. Y ya estoy harta de aguantarte. Todos los días te espero para jugar y tú no me haces ni caso. Y encima me quieres tomar el pelo.
Nano no tuvo tiempo de dar más explicaciones porque Arancha echó a correr y no se detuvo hasta llegar a los columpios.
«Ya no tengo ninguna prueba», pensó Nano, desmoralizado.
Sólo le quedaba dar el último paso.
Y lo dio.
Atravesó la alameda y llegó hasta el banco

donde Esmeralda solía dormir la siesta a ronquido limpio.

Esmeralda no estaba en el banco. Miró por un lado, miró por otro... Ni rastro de ella.

Se chupó el dedo índice y lo levantó. No hacía ni pizca de viento; pero, por si acaso, se dirigió a la caseta de los jardineros. Dio por lo menos cuatro vueltas a la caseta y echó una ojeada al interior, pero... Esmeralda no estaba.

Recorrió inútilmente el parque varias veces y en todas direcciones. Cuando se cruzó con Arancha, ella le sacó la lengua sin bajarse de los columpios. Nano sentía en su pecho una opresión muy extraña.

—¡Os habréis quedado a gusto todos! —gritó a Arancha.

Corrió hasta el estanque y se sentó en la orilla. Se inclinó un poco hacia delante, hasta que pudo ver reflejada su cara. Luego dejó caer una piedra justo sobre su nariz y la figura se descompuso al instante.

—¿Otra vez tirando piedras a los patos? —resonó a su espalda la voz del vigilante.

Se levantó de un salto y echó a correr.

Desolado, regresó a la alameda y se sentó en el banco donde tan buenos momentos había pasado con Esmeralda.

«Bueno, y qué —pensó—. No me importa que no exista Esmeralda. Seguiré soñando con ella.»

Intentó varias veces soñar con Esmeralda, pero ninguna lo consiguió.

De pronto sintió que sus ojos se humedecían

incontroladamente y cuando una lágrima estaba a punto de saltar al precipicio de su mejilla...

«¡Meeeegggg!», oyó a sus espaldas.

El salto que dio fue colosal. De haberlo medido, seguro que hubiese batido la marca de saltos.

—¡Esmeralda! —gritó.

—Perdona el retraso, pero es que esta mañana se me ocurrió pintar a Bronifraugstan y, como la pintura tardaba en secarse, he tenido que buscar un secador de pelo. Por lo menos miré en cincuenta papeleras. Otras veces encuentras secadores de pelo a montones, pero justo el día que lo necesitas... ¡Siempre ocurren estas cosas! Pero aún no me has dicho cómo ha quedado Bronifraugstan.

Nano hizo un gran esfuerzo para tragarse la emoción que sentía.

Pero se la tragó.

—Me parece... me parece... ¡inconmensurable!

—Inconmensu... ¿qué?

—¡Inconmensurable!

—Y eso... ¿qué significa?

—No sé, pero mi padre lo dice cuando quiere alabar tanto una cosa que las palabras normales se le quedan cortas.

—Ah, siendo así...

El aspecto que tenía Bronifraugstan, desde luego, era muy diferente. Esmeralda la había pintado a rayas, con los colores del arco iris. Y los brochazos no se habían detenido ante nada. El piloto automático y el motor de aspiradora también estaban pintados de la misma forma, como si siempre hubiesen formado parte de Bronifraugstan.

—¿Cuándo estrenamos el piloto automático? —preguntó Nano con impaciencia.

—Ahora mismo lo programamos.

—¿Programar?

—Naturalmente. Verás, primero pulsamos la tecla de la «F», así. Ya está en funcionamiento. Ahora tenemos que darle una orden.

—¿Una orden?

—En realidad podríamos darle muchísimas órdenes, pero será mejor simplificar. ¿Qué te parece ésta?

Y Esmeralda comenzó a teclear a toda velocidad. En la pantalla del televisor apareció algo escrito:

«ESQUIVA CUANTOS OBSTÁCULOS
SE CRUCEN EN TU CAMINO.»

—Me parece correcto —afirmó Nano sin saber muy bien por qué.

—Pues... ¡arriba! Monta enseguida.

Antes de montar, Nano se agachó y cogió del suelo una piedra no muy grande y se la guardó en el bolsillo.

—Ya estoy preparado —dijo, acomodándose en el sillín.

Esmeralda conectó el motor de aspiradora de Bronifraugstan y comenzó a pedalear. La bicicleta parecía correr más que nunca. A mitad del paseo central del parque ya se había levantado

del suelo y en un par de segundos alcanzó una altura considerable.

—¡Hoy me siento más joven! —gritó Esmeralda.

—¿Y funciona ya el piloto automático? —Nano no apartaba su vista de la vieja pantalla de televisión.

—Claro que sí. Enseguida lo comprobarás.

Nano alzó la cabeza y a poca distancia, justo frente a ellos, vio el campanario de la iglesia.

—¡El campanario! —dijo un poco asustado.

—¡Tranquilo, nuestro piloto automático ya lo habrá detectado.

—¡Vamos derechos hacia él! —gritó Nano, que se veía de nuevo oyendo campanas celestiales.

Iba a cerrar los ojos para no ver nada, pero de pronto Bronifraugstan giró levemente hacia un lado y esquivó sin problemas el campanario.

—¡Funciona! —gritó Esmeralda.

—¡Funciona! —Nano se contagió del entusiasmo de Esmeralda—. ¡Funciona! ¡Funciona!

El paseo sobre la ciudad fue sencillamente... ¿cómo decirlo? ¡Ah, sí! ¡Inconmensurable!

En una ocasión en que no volaban demasiado alto, Nano reconoció su casa y a su madre tendiendo la ropa en la azotea con Luisma.

—¡Luisma! —gritó con todas sus fuerzas.

—No pueden oírte —le advirtió Esmeralda—. El viento aleja tus palabras.

Entonces sacó la piedra que llevaba en el bolsillo y con un bolígrafo que le dejó Esmeralda escribió en ella:

> *«Esta piedra la ha dejado
> caer Nano desde una nube.»*

Tuvo que hacer la letra muy pequeña para que cupiesen todas las palabras.

Justo al pasar sobre la azotea de su casa dejó caer la piedra.

«Espero no darles en la cabeza», pensó.

No les dio en la cabeza. La piedra se desvió bastante y cayó justamente en la cornisa de la casa de enfrente, rebotó con fuerza y fue a estrellarse contra la fachada de su casa.

—¿Has visto dónde ha caído?

—No muy bien. Me parece que se ha metido por alguna ventana.

Allá, en lo alto, más arriba incluso de la veleta del campanario, el silencio era absoluto. No llegaba ni el más ligero rumor de los cientos y cientos de automóviles que, como hormiguitas mecánicas, discurrían por el laberinto de calles.

Daba gusto sentir el aire en pleno rostro y un tenue zumbido en los oídos. Era delicioso atravesar una nube tan blanca como el algodón, saludar a un par de palomas despistadas, hacer señas a un moderno avión de pasajeros...

—¿Esto es estar en las nubes? —preguntó Nano.

—En efecto —respondió Esmeralda.

—Pues no entiendo cómo mi profesor de «naturales» piensa que estar en las nubes es algo malo.

—Porque él nunca habrá estado.

Y nunca mejor dicho, el tiempo se les pasó volando. Y cuando se les ocurrió mirar el reloj era muy tarde, por eso tuvieron que aterrizar deprisa y corriendo.

—No quiero que llegues tarde a casa por mi culpa.

—¿Podremos continuar mañana?

—Mañana, y pasado mañana, y al otro, y al otro...

Al tomar tierra pasaron al lado de Fermín y Zaca, que regresaban a sus casas porque el Sol ya se había puesto y comenzaba a levantarse una brisa fresca, muy mala para el catarro.

—Eso sí —puntualizó Esmeralda—. Antes tendremos que echar una brisca con Fermín y Zaca.

—Pero sin hacer trampas.

—De eso... ya hablaremos.

Se detuvieron al final de la alameda. Nano se bajó de un salto y se quedó parado frente a Esmeralda, jugueteando con el manillar de Bronifraugstan.

—Que llegarás tarde —le recordó Esmeralda—. No pierdas tiempo.

—Sí, ya me voy.

Se agachó y comenzó a contar los radios que tenían las ruedas de la bicicleta.

—Doce, trece, catorce...

—¿Qué haces ahora?

—Quería saber cuántos radios tiene cada rueda.

—¡Vamos! ¡Echa a correr!

Y Nano hizo ademán de iniciar la carrera, pero de pronto se detuvo.

—Es que...

—¿Se te olvida algo?

—No, a mí no. Me parece que es a ti a quien se te olvida algo.

—¿A mí? —Esmeralda se extrañó mucho.

—Sí.

—¿Qué se me olvida?

—Pues... pues... En realidad tú no tenías obligación de hacerlo; pero como dijiste que... que...

—¡Me tienes en vilo!

—Me refiero al jersey —dijo por fin Nano.

Esmeralda bajó la cabeza.

—¡Ah! ¡El jersey!... Sí, claro. Verás, Nano, soy una calamidad. No creas que se me ha olvidado. Lo que sucede es que...

Esmeralda abrió su bolso y sacó un jersey de colores igualito que el arco iris.

—¡Fíjate qué birria me ha salido! —dijo desalentada.

—¿Birria? ¡De eso nada! —exclamó eufórico Nano, y le quitó el jersey de las manos—. Me lo llevo. Es el jersey más bonito que he visto en mi vida.

Nano comenzó a alejarse con el jersey.

—¿No decías que preferías uno liso? Si quieres, lo deshago y...

—Eso era antes —la cortó Nano—. Ahora me gusta más así. Es... es... ¡inconmensurable! ¡Gracias, Esmeralda!

—De nada.

—Cuando lo vea mi hermana va a poner los ojos como platos.

Nano comenzó a correr, pero al momento se detuvo y volvió la cabeza.

—¡Hasta mañana, Esmeralda! —gritó.
—¡Hasta mañana, Nano!

SUBIENDO LAS ESCALERAS de su casa, se puso el jersey de Esmeralda. Le estaba perfecto, como si se lo hubiesen hecho a medida. ¿A medida? Nano no recordaba que Esmeralda le hubiese tomado medidas.

Se detuvo unos segundos ante su puerta y con decisión apretó el timbre.

Abrió Rosa.

—¡Hola, Rosa! —dijo, estirándose con delicadeza el jersey.

—¡Oh! —los ojos de Rosa se abrieron una barbaridad.

Luisma llegó corriendo, traía una piedra en la mano.

—Te la vas a ganar, Nano. Has roto el cristal de la ventana del cuarto de estar. No lo puedes negar, encontramos esta piedra escrita por ti.

Nano sentía una alegría inmensa. Comenzó a reír.

—¡El jersey! —de pronto Luisma reparó en el jersey de su hermano—. Entonces... ¿esta piedra la dejaste caer desde una nube?

—Sí.

Luisma echó a correr por el pasillo.

—¡Mamá! ¡Mamá! ¡Es verdad! ¡Es verdad! ¡Es verdad!

La madre salió de la cocina.

Nano continuaba sonriendo.

La madre iba a reprenderle muy severamente; pero al verlo con aquel jersey se le formó un barullo en la garganta y no fue capaz de abrir la boca.

Nano sentía una felicidad... ¿cómo decirlo? ¡Ah, sí!... ¡inconmensurable!